KB143111

장미의 기억

장미의 기억

초판 인쇄 ┃ 2022년 11월 11일
초판 발행 ┃ 2022년 11월 15일

지은이 ┃ 박미정
펴낸이 ┃ 신중현
펴낸곳 ┃ 도서출판학이사

출판등록 : 제25100-2005-28호
주소 : 대구광역시 달서구 문화회관11안길 22-1(장동)
전화 : (053) 554~3431, 3432
팩스 : (053) 554~3433
홈페이지 : http:// www.학이사.kr
전자우편 : hes3431@naver.com

ISBN _ 979-11-5854-394-5 03810

* 본 도서는 2022년 '한국예술복지재단 디딤돌 창작지원금'을 지원 받아
  발간되었습니다.

장미의 기억

박미정 수필집

學而思 | 학이사

앞산에 올랐습니다. 10여 년 전 수필창작교실에 처음 입문했을 때가 생각납니다. 문우들과 밤바람을 쏘이며 앞산 대덕문화전당을 찾는 것만으로도 행복했지요. 부푼 가슴으로 첫 발을 내디딜 때가 엊그제 같은데 벌써 강산이 변했습니다.

다시 세 번째 수필집을 엮습니다. 지난 몇 년간은 코로나 19로 침울하고 답답한 나날이었습니다. 저에게 그나마 위안이 되었던 건 좋아하는 글쓰기가 아니었나 생각합니다. 주변에 평범하게 살아가는 보통 사람들의 고단하고 아픈 삶을 돌아보며, 역경 속에서도 희망을 잃지 않은 그들의 일상을 놓칠세라 글을 쓰는 내내 작가로서 뿌듯한 자부심을 느꼈습니다.

두서없는 짧은 수필이지만, 긴 여행에서 돌아와 지친 몸을 누이는 아늑한 보금자리처럼 독자에게 편안하고 재미있게 전해졌으면 좋겠습니다. 더러는 그 속에서 롤러코스터를 타고, 달콤한 별사탕도 맛볼 수 있다면 더할 나위 없겠습니다.

오랜 세월 변함없이 지도해 주신 소진 박기옥 선생님께 감사드리며, 작품 활동에 힘이 되어 주신 에세이 아카데미 여러 문우님들께도 고마움을 전합니다.

11월 앞산 하늘다리에서

박미정

■ 차례

작가의 말 • 04

1부

창밖의 여자

2부
|
끝이 없는 길

3부

—

임당리의 봄

4부

─

울어라 열풍아

5부
|
너도바람꽃

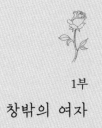

1부
창밖의 여자

엄지발가락

　　　　　인생을 오래 산 어른의 충고
를 무조건 미신이라고 하지 말고 더러는 들을 필요가 있
다. 나 역시 그것을 믿지는 않지만, 이사만큼은 방위를 잘
보고 가면 좋겠다는 생각을 한 적이 있었다.

　오래전의 일이다. 우리 집은 산기슭 윗마을에 살았다.
아랫마을로 이사를 하게 된 식구들은 아침부터 짐 꾸리기
에 바빴다. 이사를 간다는 소문을 듣고 동네 어른이 대문
으로 들어왔다. 어머니는 할머께 아랫마을로 이사를 가
게 되었다며 작별인사를 했다. 그런데 할머니는 섭섭함은
안중에도 없고, 이사 갈 집의 방향이 좋지 않다며 다른 집
을 알아보라고 당부했다. 하지만 어머니는 그 말에 신경

쓰지 않았다.

이삿짐이 아랫마을로 옮겨졌다. 나는 막바지 짐 정리를 도우며 망치며 못 등이 담긴 공구 통 놓을 자리를 찾고 있었다. 그때 밖에서 놀다가 달려드는 동생과 몸이 부딪쳐 순식간에 망치가 내 엄지발가락을 찧고 말았다. 발가락은 시간이 지날수록 퉁퉁 붓고 욱신거렸다.

새 집에서 첫 밤을 보내고 아침을 맞았다. 나는 발가락의 통증으로 밤새 잠을 설쳤다. 새까맣게 피멍이 들어 언젠가는 발톱이 빠질 것만 같았다. 세수를 하려고 밖으로 나오니 어머니가 대청에서 정신 줄을 놓고 있었다. 무슨 일이라도 있느냐고 물었지만 한숨만 쉴 뿐 아무 말도 않으셨다.

그해 동짓날 밤이었다. 아버지가 갑자기 뇌출혈로 돌아가셨다. 나이 54세 때였다. 평소에 건강하던 분이었다. 황망하게 아버지를 떠나보낸 그해 겨울은 유난히도 추웠다. 어머니는 어린 새끼들을 나 혼자 어떡하라고 먼저 가버리느냐며 통곡을 했다.

아버지의 첫 기일이었다. 제사상을 물린 어머니가 가슴속에 묻어 둔 꿈 이야기를 들려주었다. 내가 엄지발가락을 망치에 찧던 그날 밤, 어머니도 황당한 꿈을 꾸셨다.

천 길 낭떠러지 위로 출렁다리가 길게 드리워져 있었다.

하늘엔 먹구름이 음산한 분위기를 자아내고, 희뿌연 물안 개가 다리 위로 피어올랐다. 끝도 보이지 않는 다리 위로 어머니는 아버지와 나란히 어디론가 가고 있었다. 한참을 가는데 다리가 갑자기 두 동강으로 끊어졌다. 어머니가 낭떠러지 밑으로 비명을 지르며 떨어졌다. 아버지는 다리 저편에서 어머니를 애타게 부르고 있었다. 꿈에서 깨어난 어머니는 정신이 하나도 없었다. 꿈이라고 하기에는 너무 나 섬뜩하여 온몸에 소름이 돋았다. 아무것도 모르는 아 버지는 어머니의 등을 토닥토닥 쓸어주셨다.

어머니는 더 이상 말문을 잇지 못하고 울음을 터뜨렸다. 아버지의 영정사진을 끌어안고 탄식했다. 이사하던 날, 동네 어른의 말을 듣지 않아 당신을 일찍 보냈다며 가슴 을 쳤다. 조상이 도와서 선몽을 했는데도 미련하게 그것 을 알지 못했다며 후회를 했다. 나의 멍든 발톱이 빠져 나 간 자리에는 어느새 새 발톱이 자라고 있었다.

인명은 재천이라고도 하지만 가끔씩 이사를 가지 말라 던 할머니의 모습이 잊히지 않는다. 만약에 이사를 하지 않았다면, 나의 발톱이 빠지지 않았을까. 어머니가 꿈을 꾼 다음 날이라도 딴 곳으로 갔더라면 아버지가 무탈하셨 을까. 나는 엄지발가락을 슬며시 만져본다.

타이밍

가을비가 추적추적 내린다. 마트의 CD기 앞에서 줄지은 사람들이 차례를 기다리고 있다. 그런데 CD기 부스에 들어간 사람이 도무지 나오지 않는다. 바쁜 사람들이 그곳을 쳐다보며 웅성거린다.

부스 안의 여자는 뒷사람은 안중에도 없는 듯 볼일을 다 보고도 가방 안을 정리하며 머뭇거린다. 보다 못한 한 남자가 문을 확 연다. 일은 벌어졌다. 여자는 나오려고 등을 돌리지도 않았는데 문은 왜 여느냐고 따지며 달려들고, 남자는 기다리는 사람도 많은데 소지품은 나와서 챙기면 되지 않느냐고 반박이다.

CD기를 전세 냈느냐고 맞장구를 치는 사람도 있다. 서

17

로가 타이밍이 좋지 않았다. 여자는 통장은 나와서 정리했으면 좋았을 것이고, 남자는 몇 초만 더 기다렸으면 여자가 CD기에서 등을 돌리지 않았을까. 마음 급한 남자와 배려 없는 여자가 마음을 심란하게 한다.

구시렁거리던 여자가 꽁무니를 빼더니 마트 안으로 사라진다. 내 앞줄의 여자가 어린아이를 데리고 부스 안으로 들어간다. 아이가 계속 우산으로 장난을 친다. 저러다가 손잡이의 버튼을 누른다면 다치기 십상이다. 여자는 볼일에 정신이 쏠려 아이를 돌아 볼 겨를이 없다. 보는 내 마음이 조마조마하다. 여자가 등을 돌릴 때까지 기다리기에는 타이밍이 좋지 않다. 문을 열었다고 핀잔을 듣는다 해도 할 수 없는 일이다.

"꼬마야 우산 손잡이 만지지 마. 우산이 펴지면 다친다."

여자는 내 목소리에 등을 돌려 나를 빤히 쳐다본다. 아이는 여전히 우산을 만지작거리고 있다. 나는 아이의 우산을 가리키며 걱정을 한다. 여자가 입을 뗀다.

"그 우산은 수동인데요."

역시 타이밍이 좋지 않았다. 그런데 여자의 음성이 부드럽다. 입꼬리도 살짝 올라간다. 자식 사랑에는 타이밍도 필요 없던가.

깨순이 아줌마

피부과다. 몇 년이나 벼르던 얼굴의 점을 뺐다. 하룻밤을 자고 나니 마치 검은깨를 부어 놓은 듯하다. 어렴풋이 잊고 있었던 깨박순이 아줌마가 생각난다.

다세대 네 가구가 수도꼭지 하나로 식수와 빨래까지 해결하던 때에 깨박순이 아줌마는 우리 집 문간방에서 월세를 살았다. 성은 '박' 씨요, 이름은 '순이' 였는데 얼굴에 온통 점투성이여서 앞자리에 '깨' 자가 붙었다. 철없는 아이들은 그녀를 보면 뒤에서 '깨순이' 라고 놀렸다.

건축 일을 하는 그녀의 남편은 한 달이면 보름은 일이 없었다. 비가 오면 쉬고, 눈보라가 몰아치면 땅이 얼어 마지 못해 놀았다. 그녀와는 달리 남자는 이목구비가 또렷한 미남형이었다. 자식도 여럿을 두어 문간방은 늘 훈기가 돌았다. 못생겨도 음식 잘하는 여자는 소박을 맞지 않는 다고 했던가. 남자의 월급날이면 그녀는 부엌에서 손길이 바빴다. 콩닥콩닥 마늘을 찧고, 조물조물 풋나물을 무치면 온 집 안에 고소한 냄새가 진동을 했다. 특별한 음식을 하는 날이면 쟁반에 한가득 담아서 다른 사람들이 볼세라 우리 방문을 살짝 두드리곤 했다. 지금 생각해 보면 부족한 와중에도 주인집이라고 신경을 쓴 것 같다.

어느 비 오는 여름날이었다. 긴 장마로 남자는 오래도록 일을 못 했다. 생활고를 견디지 못한 그녀가 밥상머리에 앉은 그에게 바가지를 긁었다. 사태가 심상찮다 했더니 아니나 다를까. 남자는 상 위의 밥 냄비를 문 밖으로 냅다 던졌다. 불안한 마음에 마당을 서성거리던 나는 갑작스런 광경에 놀라 장승처럼 서 있었다. 남자의 고함소리가 대문을 넘고, 아이들은 겁에 질려 밖으로 뛰쳐나와 내 등 뒤로 숨었다.

마당 한편에 찌그러진 냄비는 그들의 궁핍하고 초라한 모습이었다. 마당에 흩어진 밥알이 빗물에 떠내려갔다. 누가 가난을 죄가 아니라 했던가. 그녀가 빗속에서 통곡을 했다. 구겨진 냄비를 펴려고 안간힘을 썼다. 하지만 망가진 냄비는 쉽게 본래의 모습으로 돌아오지 않았다. 이 모습을 지켜보던 남자가 짐승처럼 울어댔다. 아이들은 나를 붙잡고 울고 그녀는 냄비로 땅바닥을 치며 몸부림쳤다.

여러 날 폭풍우가 지나가고 아침이 밝았다. 부부싸움은 칼로 물 베기라 했던가. 여느 때와 같이 그녀는 수돗가에서 쌀을 씻고 남자는 세수를 했다. 출근하는 아빠에게 도시락을 건네는 아이들도 갠 하늘처럼 맑았다. 그날 저녁, 퇴근하는 남자의 손에 반짝반짝 빛나는 양은냄비가 들려 있었다. 장마가 끝나고 문간방에 다시 평화가 찾아왔다.

바깥 볼일은 지천인데 큰일이다. 마스크로 가리자니 숨쉬기가 곤란하고, 민얼굴을 내어 놓자니 용기가 나지 않는다. 점 뺀 얼굴의 딱지가 떨어지려면 아직도 멀었는데 친구들은 자꾸만 나오라고 불러댄다. 그 시절 얼굴의 점이 트라우마가 되어 나들이도 제대로 못 하고 집 안에서만 뱅뱅 돌던 그녀의 심정을 헤아려본다. 다람쥐 쳇바퀴 돌 듯 답답해서 어떻게 살았을까.

며칠 집 안에 있었더니 갑갑해서 죽을 맛이다. 외출 준비를 한다. 거울 앞에서 눈만 살짝 내어놓고 얼굴을 가린다. 털모자까지 푹 눌러 쓰고 밖으로 나오니 길 가던 사람들이 힐끔힐끔 쳐다본다. 찻집으로 들어간다. 먼저 온 친구가 낯선 내 모습을 보고 의아해한다. 사정을 모르는 그녀는 마스크를 벗으라고 재촉한다. 나는 우물쭈물거리며 얼굴에 깨 농사를 짓고 있어 수확을 하려면 좀 걸린다고 여유를 부린다. 그제야 친구도 깨 털면 한 턱 내라며 개의치 않는다.

그 시절, 젊은 나이에 거울 보기가 제일 싫다던 깨박순이 아줌마는 지금쯤 어떤 모습일까. 여자의 변신은 무죄라지만 그녀를 생각하면 마음이 짠해온다. 나의 말간 얼굴이 거울에 비치면 그녀가 더욱 생각날 것 같다.

창밖의 여자

　　　　　　　　　집을 나선다. 12월의 마지막
날이 을씨년스럽다. 산간 지방은 눈보라가 휘날린다는 소
식이다. 영하 10도를 오르내리는 한파 속에서 오가는 행
인들이 어깨를 움츠린다.

　버스에서 창밖의 풍경 속으로 빠져든다. 계절에 따라 사
람들의 걸음걸이도 다양하다. 한여름 더위에 지친 걸음과
는 달리 겨울의 발걸음은 탄력이 있다. 차창 밖으로 스치
는 여자의 모습이 낯설지가 않다. 편안한 복장에 걷는 모
습이 여성스럽다. 어디서 보았는지는 확실하지 않지만 분
명히 아는 사람이다. 버스가 목적지에 다다랐는데도 그녀
의 이름이 생각나지 않는다.

카페로 들어간다. 찻잔을 드는데 한순간 그녀의 이름이 번개처럼 스친다. 단체 회원으로 무료급식을 함께 했다. 흰머리가 늘어나는 만큼 기억력도 감소되는지 길을 가다가 누군가 인사를 해도 어디에서 보았는지 금방 생각이 나지 않을 때가 있다. 휴대폰에 저장된 이름을 찾는다. 영상통화로 여자의 얼굴이 휴대폰에 뜬다.

"오래간만입니다. 버스 안에서 길 가던 모습을 보았습니다."

그녀도 반가워한다. 묻지도 않았는데 쇼핑 할 일이 있어서 가던 길이었다고 한다. 문득 추억 한 자락이 머리를 스친다.

몇 해 전, 나는 양손에 짐을 들고 거리를 걷고 있었다. 휴대폰이 울렸지만 짐 때문에 제때 받지 못했다. 부재중 전화에 그녀의 이름이 떠 있었다. 짐을 내려놓고 전화를 걸었다. 그녀는 버스 안에서 길 가던 나를 보고 전화를 했다고 한다. 통화가 제때 되었으면 버스에서 내려 차라도 한 잔 하려고 했다며 아쉬워했다.

버스 안에서 그녀가 본 내 모습이 궁금했다. 그날 나눈 얘기지만 나더러 짐꾼처럼 살지 말라고 하여 폭소를 터트렸다. 자기는 특별한 경우가 아니면 외출 시에 핸드백 이외엔 큰 짐은 들지 않는다고 했다. 가까운 시장을 갈 때에도 손수레를 끌고 간다고, 그 이유는 여자는 본연의 모습은 물론이고, 창밖의 모습도 아름다워야 된다고 했다.

손수레를 끌고 사뿐사뿐 걸어가는 그녀의 모습을 상상해 본다. 짐을 들고 뒤뚱뒤뚱 걸었을 내 모습이 그녀에게 적지 않은 실망을 준 것 같아 쓴웃음이 나왔다. 영상 통화로 보는 그녀의 얼굴은 여전히 밝다. 나는 그녀에게 길 가던 모습도 예뻤다며 활짝 웃는다.

그런데 이상하다. 그녀는 아까부터 입을 다문 채 미소만 짓는다. 의아해하는 나를 보며 손으로 입을 가린다.

"저어~ 치아 교정 중이라서."

소녀처럼 부끄러워한다. 창밖에서 아름다운 여자는 휴대폰 속에서도 예쁘다.

어머니와 참기름

　　　　　　　　　정월 대보름이다. 나물을 볶
으려는데 참기름이 동이 났다. 빈 병을 들고 멍하니 서 있
다. 어머니가 해마다 챙겨주시던 고소한 참기름을 또 먹
을 수 있을까.

　늦가을, 차량이 뜸한 신작로에서 깨 타작을 하는 할머니
를 만났다. 어디선가 많이 본 듯한 낯익은 모습에 하마터
면 '어머니'라고 부를 뻔했다. 머리에 수건을 휘감은 모습
과 왜바지를 입은 뒤태가 어머니를 쏙 빼닮았다. 할머니
는 옆에 낯선 사람이 있는 것도 개의치 않고 깨를 터는 데
만 열중하셨다. 혼자 먹자고 저 고생을 할까. 자식 줄 생각
에 한여름 더위도 아랑곳없이 고랑마다 물대기로 바빴을

터이다. 할머니는 옆에서 어물쩡대는 나를 힐끔힐끔 쳐다보았다. 나는 어쩌다 마주친 눈길을 붙잡고 말을 걸었다.

"할머니 깨가 쏟아지니 기름도 많이 나오겠네요."

할머니는 빙그레 웃으며 한마디 하셨다.

"며느리와 딸네들 나눠 주고 나면 남는 것도 없다우~"

내 짐작이 맞았다. 이제 그만 쉬시고 경로당에서 친구들이랑 즐겁게 지내시라고 하였더니 놀기만 하면 무슨 낙이 있겠느냐는 대답이 돌아왔다. 고된 일상이지만 당신 손으로 수확한 먹을거리를 자식들에게 나눠 줄 수 있다는 게 행복이겠지. 할머니는 잠시 쉬려는지 거북이 등 같은 손으로 허리를 받치고 가까스로 일어나셨다. 깨를 털린 검불이 바람에 힘없이 날렸다. 그것은 할머니의 모습이었다. 알갱이는 모두 자식에게 나눠 주고, 빈 쭉정이뿐인.

할머니는 일을 마치고 보금자리로 돌아갈 채비를 하셨다. 종일 털었다는 참깨가 함지박에 소복했다. 다리가 아프다고 신음을 하면서도 얼굴엔 웃음꽃이 피었다. 부모에게 자식은 무엇일까. 어떨 땐 애물단지였다가도 세상 모든 부모가 살아가는 이유가 아닐까.

집 앞 슈퍼에서 참기름을 구입한다. 화려한 포장으로 미루어 보면 맛 또한 좋을 것 같다. 갓 무친 오색 나물이 쟁반 위에 푸짐하다. 하지만 그것은 전처럼 깊은 맛이 나지 않았다. 아마도 참기름 탓인가 보다. 신문지로 둘둘 말린 어머니의 참기름은 참으로 고소했다. 투박하고 볼품없는 빈 병을 아쉬운 듯 쳐다본다. 꾸밈없는 어머니의 모습이다.

어머니와 병실 창가에 나란히 앉았다. 도시락을 본 어머니가 환하게 웃는다.

"어머니, 나물이 싱겁지요?"

창가의 커튼 사이로 어둠이 내린다. 어디선가 한 해의 무사함을 기원하는 풍물 소리가 귓가에 들려온다. 구름 속에서 보름달이 서서히 얼굴을 내민다. 어머니가 부럼으로 준 밤을 와작 깨문다. 달달한 어머니의 사랑이 입 안에서 녹아든다. 예전에 어머니가 주신 고소한 참기름처럼.

꿩을 잡은 여자

　　　　　　　　　　　꿩을 잡은 여자가 있다. 처
음으로 문학제에 참가하는 문우를 데리고 문학제에 갔다.
행사가 끝나고 만찬이 있었지만 나는 또 다른 행사로 그
녀와 식사를 할 수 없었다. 혼자 남은 그녀는 배가 고팠지
만 아는 사람 없이 혼자 선뜻 식당에 갈 엄두가 나지 않았
다 한다. 어둠 속으로 줄행랑을 치는 나를 빤히 쳐다보면
서 섭섭한 마음도 없지 않았으리라. 나의 일정을 몰랐던
그녀는 식사가 끝나면 찻집에서 수다도 떨며 즐거운 시간
을 보내려고 했을 것이다. 기대를 저버렸지만 그 순간은
그녀에게 나는 날아가는 꿩이었는지 모른다.
　다음 날 아침, 휴대폰이 울린다. 시큰둥할 줄 알았던 그

녀의 음성이 의외로 밝다. 지난밤 식당에서 꿩 대신 닭이라도 잡았는지 웃음소리가 귓가에서 떠나지 않는다. 아니나 다를까. 멋진 문학인 노신사들과 식사를 하고, 가로등불빛 쏟아지는 공원도 산책했다고 한다. 음대 교수로 퇴직한 어느 문인의 가곡 세레나데까지 선물로 받았으니 그녀의 기고만장이 당연한 것인지도 모른다.

나는 그녀에게 날아가 버린 꿩이었다. 세상일이란 모를 일이다. 꿩 대신 닭인 줄만 여겼던 사람이 한순간에 꿩이 되고, 꿩이라고 우쭐대던 사람도 삽시간에 닭으로 전락할수 있으니 말이다. 때 묻지 않은 그녀의 천진함이 싫지 않다. 꿩을 잡은 그녀의 수다로 휴대폰이 후끈 달아오른다. 그녀는 당신은 이제 나의 꿩이 아니라고 말하고 싶은 것일까. 하지만 나는 어제도 오늘도 그녀에게 변치 않는 꿩이고 싶다.

터널에 갇히다

연일 장대비가 쏟아지더니 모처럼 햇살이 창가를 비춘다. 미루고 있었던 볼일을 보고 집으로 가는 길에 터널을 지나게 되었다. 그런데 갑자기 자동차가 굉음을 내어 터널 갓길에 차를 세웠다. 비상등을 켜고 차내에서 이것저것 체크해 보았지만 어디가 고장인지 알 수가 없다. 자동차 밖으로 나가기도 망설여진다. 고막이 터질 듯한 터널 속 소음과 미친 듯이 달려오는 자동차 행렬이 두렵기만 하다. 하필이면 훤한 밖을 다 놔두고 컴컴한 터널에서 고장이 날 게 무엇이란 말인가. 엉겁결에 부른 보험사 견인차는 기다려도 오지 않는다.

멀리 터널 출구가 조그맣게 보인다. 평소에 터널을 지날

때는 순식간에 빠져나온 곳이 차를 세우고 보니 걸어 나가기엔 아득히 먼 곳이다. 시간이 흐를수록 불안감이 엄습해 온다. 달리는 차량 홍수에 사고라도 날까 봐 옴짝달싹도 못 하고, 급기야는 멘붕 상태에 빠져든다.

나의 지난한 삶에도 터널에 갇힌 때가 있었다. 견뎌야 하는 터널도 있었지만 버텨야 하는 터널도 더러 있었다. 신혼 시절 조산으로 아기를 난산할 때가 그랬고, 건강하시던 아버지가 갑자기 돌아가실 때가 그랬다. 중년에 들어 신장수술로 생사의 갈림길을 헤매기도 했다.

견딜 일이 더 많았던 나와는 달리 생전 아버지의 삶은 버틸 일이 더 많았던 것 같다. 직장일이 순탄하지 않을 때마다 퇴근길 동네 어귀 선술집에서 술잔을 기울이곤 하셨다. 밤늦게 술기운에 젖어 대문을 박차는 아버지를 식구들은 반갑게 맞이하지 못했다. 가족의 생계를 위해 직장 윗사람의 눈치도 모자라 식구의 눈치까지 보셨을 아버지! 그때는 왜 몰랐을까. 힘들게 버티고 또 견디셨을 아버지의 고단함을.

자동차 뒤편에서 사이렌 소리가 요란하다. 드디어 경찰과 보험사가 동시에 출동했다. 경찰의 안내에 따라 견인차를 타고 터널을 빠져나온다. 불과 50여 분 터널 속에 갇힌 시간이 밤을 새운 듯 아득하다. 몸속으로 감겨 오는 한

줄기 바람이 갈증에 마시는 청량음료처럼 상큼하다. 고온 다습한 무더위도 짜증 나지 않는다.

견인차에 매달린 고장 난 자동차가 덜커덩거리며 정비센터에 도착했다. 정비사가 자동차를 여기저기 살펴보더니 차를 두고 가라고 말한다. 10여 년간 부려 먹었으니 자동차도 숨 고를 시간이 필요한 모양이다. 삶이란 터널에 갇혔다고 실망할 일도 아니며, 그곳을 지났다고 좋아할 일도 아니다.

다음 날, 정비센터에서 차 수리가 완료되었다고 전화가 왔다. 차에 오른다. 시승식으로 한 바퀴 드라이브를 한다. 앞에서 터널이 달려온다. 차창을 닫고 핸들을 잡은 손에 힘을 더한다.

내 인생의 어두운 터널은 몇 번이나 남았을까.

장미의 계절

이른 아침, 사진을 찍는 회원들과 장미공원에서 만나기로 했다. 남편은 출근길에 나를 그곳에 내려주고 쏜살같이 달아난다. 공원에 들어서니 회원들이 사진 촬영에 여념이 없다. 햇살을 받은 각양각색의 장미들이 눈부시게 아름답다.

가는 날이 장날이다. 오늘은 마침 사랑하는 사람에게 장미를 선물하는 '로즈데이'다. 나는 공원을 산책하며 인근에 사는 친구를 불러낸다.

"친구야, 장미공원으로 와 봐. 장미꽃이 한창이네."

잠시 후, 그녀가 공원으로 들어선다. 가방 안에 금방 내린 듯 따끈한 커피가 텀블러에 가득하다. 동호인들이 커피 향에 이끌려 우르르 몰려든다.

회원이 장난을 친다. 친구와 통화를 하더니 장미 백 송이를 배달시키겠다며 주소를 불러달라고 한다. 주소가 문자로 들어온다. 그는 그녀에게 장미가 10분 후에 도착할 거라며 휴대폰을 끊는다. 그리고 이내 폰에 담긴 장미를 전송한다. 덤이라며 장미공원을 통째로 찍어서 또 보낸다. 배보다 배꼽이 더 크다. 금방 답장이 왔다.

"향기 없는 장미도 있다더냐!"

커피를 마시던 일행들이 웃음을 터트린다.

남편이 퇴근할 시간이다. 결혼기념일도 곧잘 잊어버리는 사람이 장미의 날인들 알까. 빈손으로 들어서는 그에게,

"장미 한 송이라도 사 오지!"

했더니 말이 끝나기가 무섭게 대뜸 하는 말 좀 보소!

"그러니까 아침에 장미공원에 데려다 줬잖아!"

아는 것 같기도 하고, 모르는 것 같기도 한 애매모호한 대답이다. 들꽃 한 송이라도 받고 싶은 여자의 마음도 모르는 남자가 밥 달라고 보챈다. 낚은 고기는 더 이상 먹이를 주지 않는다 했던가.

글 쓰는 여자

　　　　　　　　사람마다 글을 쓸 때 제 나
름의 습성이 있다. 소음이 없는 조용한 곳에서만 글을 쓸
수 있는 사람이 있는가 하면, 주위 상황에는 상관없이 아
무 곳에서든 글쓰기를 즐기는 사람도 있다. 글을 쓰다가
문맥이 끊어지면 뒷짐을 지고 공원 한 바퀴를 산책하는
사람, 약간의 술기운을 빌리는 사람도 보았다. 나 역시 이
상한 버릇이 없지 않다. 민망한 얘기지만 글문이 막히면
윗도리를 벗어 던지는 습관이 있다.

　내가 글을 쓰기 시작하면서 언제부턴가 남편에게도 이
상한 버릇이 생겼다. 평상시 야한 잠옷을 입었을 때에도
나에게 별 관심이 없던 사람이 컴퓨터 앞에만 앉으면 왔

다 갔다 가만히 있지를 못한다. 나는 그러거나 말거나 크게 신경 쓰지 않고 자판기만 두드린다. 아이러니하게도 그가 귀찮게 할수록 자판을 두드리는 나의 손은 속도를 더한다. 남편은 내 옆에서 주의를 끌려고 잘 부르지도 못하는 노래를 부르다가 손뼉을 치기도 한다. 이쯤 되면 자판을 두드리는 나의 손도 미친 듯이 널뛰기를 한다.

이상한 일이 아니던가. 내가 거실에서 한가롭게 책을 보기나 TV를 볼 때에는 조용하던 사람이 왜 글만 쓰면 자기와 놀아 달라며 보채는 아이가 되는지 모를 일이다. 두루뭉술한 아줌마라도 컴퓨터 앞에만 앉으면 양귀비로 보이는 것일까. 그에게 왜 그러느냐고 물어도 아무 대답이 없으니 심리학자 프로이트에게 물어 봐야 하나.

시간이 흘러 거실로 나오니 그가 시큰둥하게 TV를 보고 있다. 나는 여느 때처럼 쿠션에 기대며 그의 옆에 슬그머니 앉는다. 입장이 바뀌었다. 조금 전에 난리를 치던 그가 쌀쌀맞다. 그는 나를 거들떠보기는커녕 벌떡 일어나 쌩하게 밖으로 나간다. 나는 황당하여 TV 볼륨만 자꾸 높인다. 자판을 두드릴 때 당당했던 내 모습은 어디로 가고, 비 맞은 낙엽 꼴인가. 그가 나간 현관문만 물끄러미 쳐다보며 생각한다. 그가 신나게 손뼉을 칠 때 손이라도 잡아 줄 것을.

귀여운 여인

　　　　　　　　온 세상이 코로나19로 벌집
을 쑤셔 놓은 듯하다. 서울은 물론이고 대구도 예외는 아
니다. 아침 뉴스에 대구 남구 모 건물에 다녀간 여인이 코
로나 양성 확진자로 밝혀졌다고 보도되자 지인들의 안부
전화가 빗발친다.

　외출을 하기가 두렵다. 마스크를 하고 봉사자 모임 장소
로 향한다. 날짜를 연기하자는 의견도 있었지만, 만나자
는 과반수의 결정에 따라 식당에서 보기로 했다.

　약속시간이 훨씬 넘었는데 온다던 회원 한 사람이 보이
지 않는다. 기다리다 못한 총무가 전화를 한다. 아침까지
멀쩡하던 그녀가 몸에 열이 있어 불참하겠다고 한다. 조

용하던 대구에도 코로나 확진자가 발생했으니 외출이 망설여졌을 터이다. 총무는 헛기침까지 하는 그녀를 모른척하며 휴대폰을 내려놓는다.

소고기 파티가 벌어졌다. 우리들은 간단하게 회의를 하고, 이럴 때일수록 잘 먹어야 된다며 포식을 했다. 그런데 오지 않겠다던 회원이 다시 오겠다고 연락이 왔다. 자세한 내막을 모르는 회원들은 한목소리로 병원부터 가보라고 했다.

그녀가 문을 열고 들어왔다. 마스크를 벗은 그녀의 얼굴에는 어디에도 아픈 기색이 없다. 코로나로 인한 불안한 마음이 외출을 망설이게 했나 보다. 우리들은 주인에게 일부러 그녀의 자리를 따로 마련해 달라며 놀려댔다. 총무도 가볍게 구박을 한다.

"이 난국에 누가 반긴다고 감기 걸린 사람이 밖으로 나오는 거예요?"

어물쩍대며 머리까지 긁적이는 그녀가 너무 귀엽다. 누가 그녀를 탓할 것인가. 나 역시 거짓말을 해서라도 나오고 싶지 않았던 것을.

그녀가 홀로 식사를 한다. 우리는 전골까지 시켜준다. 회원들이 짓궂게 놀리는데도 개의치 않는다. 그녀가 수저를 놓으며 입을 연다. 혹시나 코로나 바이러스가 확산되면 오래 못 볼 것 같아서 왔다고 한다. 주인이 육회를 서비스로 들고 와서는 인사를 한다.

"어려운 걸음 해 주서서 고맙습니다. 손님이 확 줄어서 걱정입니다."

잠시 후 셀프인 커피까지 코앞에 갖다 바친다.

자리에서 일어난다. 늦게 온 그녀가 구하기 힘든 마스크를 회원들에게 나누어 준다. 오지 않으려더니 마스크씩이나.

"외출 시에는 꼭 하고 다니세요. 다음에 만나면 또 드릴게요."

언제 마스크 장사라도 했는지 봉투가 제법 두툼하다. 마음이 울컥한다. 우리들은 식당을 나서며 파이팅을 외친다.

"코로나는 당장 지구를 떠나라!"

저 멀리 식당 주인이 잘 가라고 손을 흔든다. 한적한 도로에 앰뷸런스 사이렌 소리가 요란하다.

2부

끝이 없는 길

공룡과 놀다

　　　　　　　　　앞산 고산골에 친구와 산책
을 갔다. 몇 해 전에 조성된 공룡공원에 다다랐다. 겨울 초
입의 공원은 한적하다. 아이의 손을 잡고 산책을 나온 가
족들의 모습도 보인다.

　공룡공원은 학습장으로도 인기가 많다. 거대한 공룡들
이 움직이는가 하면 울기도 하여 한동안 머물다 보면 공
룡들이 존재했다는 중생대로 돌아간 느낌이다. 땅속에 설
치된 센서 기능이 작동하여 멀리서 다가오는 사람의 발자
국 소리를 인식하고, 공룡은 우렁차게 소리 높여 울어댄
다.

　친구는 공룡을 보며 어린아이처럼 즐거워한다. 목을 길

게 뻗은 키 큰 공룡 앞을 지나치는데 갑자기 공룡이 소리를 지른다. 나는 놀라서 멈칫거린다. 친구도 소스라친다. 웅장한 그 모습에 주눅이 들어 슬그머니 꽁무니를 뺀다. 가슴을 쓸며 내려가는데, 공룡 알 삼 형제가 알에서 깨어나며 또 울음을 터트린다.

친구는 더 이상 참지 못하고 새끼 공룡에게 화풀이를 한다. 주먹을 불끈 쥐고 공룡의 얼굴을 사정없이 때린다. 그것으로도 분이 안 풀리는지 자신의 손가락을 공룡의 입속으로 넣어 이빨을 빼려는 흉내까지 낸다. 죄목은 길 가는 사람을 놀라게 했다는 이유였다. 입을 벌린 친구의 모습이 호랑이처럼 험상궂다. 자기보다 크고 위압적인 공룡에게는 가까이 가지도 못하더니만 아기 공룡은 만만한가 보았다.

그때 엄마 손을 잡고 나들이 나온 소녀가 친구에게 달려와 하는 말에 한참을 웃는다.

"저기요. 그건 만들어 놓은 공룡이에요. 때리지 마세요."

그제야 공룡에게서 떨어진 친구는 너무 심했냐며 머리를 긁적인다.

지난날이 생각난다. 경찰에서 차량이 속력을 많이 내는 도로 갓길에 경찰관 모형 로봇을 설치한 적이 있었다. 그

모습이 사람과 흡사하여 음주운전자의 간담을 서늘하게
했는데, 당시 재미있는 에피소드도 많았다.

어느 날, 집으로 돌아오는 길이었다. 차량도 많지 않아
과속을 하기에도 딱 좋은 도로였다. 중년의 운전자 한 사
람이 자동차를 갓길에 세워 놓고 단속 경찰관과 옥신각신
하고 있었다.

무슨 일인가 하여 차를 세웠다. 운전자는 얼굴에 핏대를
올리며 말없는 로봇과 입씨름 중이었다. 혈색으로 보아
그는 음주를 한 것 같았다. 남자가 목소리를 높이는 이유
는 사람도 아닌 것이 경찰관 행세를 하며 길가에 떡 버티
고 서서 간담을 서늘하게 했다는 것이었다. 생긴 것도 자
기보다 잘생겨서 기분 나쁘고, 사람이 옆에 와도 잘못을
뉘우치기는커녕 뻔뻔하게 표정 하나 바뀌지 않으니 다른
피해자가 또 나오기 전에 자빠뜨려야 된다고 했다.

남자는 몇 번을 그에게 주먹질을 하더니만 급기야는 로
봇을 논두렁으로 밀어버렸다. 지켜보던 나는 황당하기도
하고, 우습기도 하여 가던 길도 잊은 채 멍하니 서 있었다.
달리던 운전자들이 차에서 내려 하던 말이 가관이었다.

"애고, 큰일 났네! 경찰관 아저씨가 논두렁에 떨어졌네.
119 빨리 부르세요."

산책로를 한 바퀴 돌아본다. 공룡의 발자국을 계곡에서

만난다. 그 간격이 멀리 떨어진 것을 보면 공룡의 크기를 짐작하고도 남음이 있다. 먼 훗날 지구가 생명을 다하여 인간의 시대가 사라진다면 그 흔적은 무엇으로 남을까.

고산골에 어둠이 내린다. 인적 없는 공원에 공룡의 울음 소리는 들리지 않는다. 친구에게 두들겨 맞은 아기 공룡도 이제는 편안히 잠들 시간이다. 주차장에 다다르니 공룡을 때리지 말라던 소녀가 친구를 멀뚱멀뚱 쳐다본다. 아무래도 어린 동심은 짓궂은 친구가 정상으로 보이지 않는가 보았다.

"엄마 아기 공룡 때리던 그 사람이야!"

친구는 민망한지 빠른 걸음으로 아이를 지나치고, 나는 소녀 곁으로 슬며시 다가가서 귓속말로 속삭인다.

"저 아줌마! 어젯밤 꿈에 공룡한테 물렸대."

아이는 눈을 크게 뜨고 고개를 끄덕인다. 친구는 '아기 공룡 둘리'를 부르며 나더러 빨리 오라고 손짓을 한다. 발길에 부스럭대는 낙엽 속으로 가을이 저만치 간다.

진국

친구가 택배를 보냈다. 음식
점을 하는 그녀는 백종원도 울고 갈 요리사다. 지금도 다
양한 메뉴로 미식가들의 입맛을 사로잡고 있다.

그녀는 고향 친구다. 사돈의 팔촌까지 두루 꿰뚫어 볼
만큼 가까운 사이다. 결혼 이후로 왕래가 뜸했다. 어느 날
동창회에서 본 그녀는 예전의 활달했던 모습이 아니었다.
불의의 사고로 한쪽 다리를 잃는 아픔을 겪었다. 몸이 아
프고 불편하니 마음도 소심해졌다. 지인들과의 만남도 멀
리한 외로운 나날이었다. 몇 번의 자살 시도는 다행히 미
수로 끝났지만, 그녀에게도 가족에게도 큰 상처가 되었
다. '인생 뭐 별건가' 하며 마음을 내려놓으면 이번에는

수술한 다리가 재발했다.

죽고 싶은 마음을 극복할 수 있었던 것은 가족의 헌신적인 사랑이었다. 그녀의 음식을 잊지 않고 찾아오는 고객들도 큰 힘이 되었다. 하지만 주방에서 오랜 시간 음식을 만들며 고통을 참는 데에는 한계가 있었다. 몸과 마음이 의족에 익숙해지기까지는 많은 시행착오를 겪었다. 의족을 착용하고 오랜 시간 서 있는 날이면 그것에 짓눌린 살점이 떨어져 나갈 듯이 쓰리고 아렸다. 물집이 생기고 핏물이 흐를 때마다 병원을 들락거렸다.

씩씩했던 남편이 어쩌다가 술을 퍼마시는 날도 있었다. 그런 날이면 남편은 방으로 선뜻 들어오지도 못하고, 대문 밖에서 어깨를 들썩이었다. 그녀는 그런 남편을 보고도 못 본 척 뒤돌아 앉아 눈시울을 붉혔다. 잠을 이루지 못한 긴 밤이 지나고, 날이 밝으면 그들의 얼굴은 찐빵처럼 부풀어 있었다. 부부는 일심동체라지만 살면서 갑자기 찾아온 고난을 이겨내기란 쉽지 않았을 터이다. 어두운 터널을 지나 세상 밖으로 나온 그들에게 아낌없는 박수를 보내리라.

친구가 보낸 택배 박스를 여니 곰탕이 들어있다. 비닐팩에 넣어서 국물이 흐르지 않도록 테이프로 단단히 감싸 보냈다. 급한 마음에 바로 솥에 부어 불 위에 올린다. 솥뚜껑이 들썩이며 김을 뿜어낸다. 국물 맛이 진국이다. 불편한 몸으로 국을 끓였을 그녀를 생각하니 마음이 저려온다. 친구에게 전화를 한다.

"친구야! 곰국 참 맛있다. 진국이네."

눈가가 촉촉이 젖어온다. 울먹이는 목소리를 들킬까 봐얼른 휴대폰을 내려놓는다. 밥이 목에 걸린다. 국밥 위에눈물이 뚝 떨어진다.

말복末伏

입술에 밥풀도 무겁다는 말복이다. 더위에 지쳤던가. 기운이 하나도 없다. 삼복은 일년 중 무더위가 가장 극심한 시기로 가을 기운이 땅으로 내려오다가 이 기간 동안 더위 앞에 잠시 엎드려 있다고 하여 엎드릴 복伏 자를 쓴다고 한다.

유년 시절 어머니는 초복이 오기 전 식구들의 부식을 챙기셨다. 갖가지 곡류를 챙겨 미숫가루를 하려고 동네 방앗간을 찾았다. 뒤뜰 넓은 텃밭에는 수박과 참외가 열리고, 앞마당 장독대 옆에는 봉숭아와 채송화가 만발했다.

그 시절 삼복 중에서도 초복이 가장 기억에 남는 것은 아마도 중복이나 말복에는 보이지 않던 삼계탕이 상 위에 올랐기 때문일 것이다. 어머니는 마당에서 키우던 토종닭 한 마리를 가마솥에 넣고 장작불을 지폈다. 그러고는 고기가 흐느적거릴 때까지 푹 익으면 솥뚜껑을 열었다. 특별히 귀한 약초를 넣지 않았지만 고기는 물론 육수 또한 진국이었다.

가마솥과 장작불, 어머니의 사랑을 더한 여름날의 복달임, 마음은 벌써 그 시절 풍경 속으로 달려간다. 먹거리가 풍족하지 않았던 시절이었지만 여섯 식구가 닭 한 마리로도 행복했다. 사랑방 굴뚝에서 모락모락 피어나는 저녁연기는 아직도 내 가슴에 향수로 남아 있다.

내년이라야 또 만날 수 있는 말복을 그냥 보낼 수 있겠는가. 한나절이 지나서 삼계탕집을 찾았다. 뚝배기에서 보글거리는 삼계탕 한 그릇을 온전히 혼자 끌어안고서도 허기가 지는 건 무슨 연유일까.

음식은 입으로만 먹는 게 아니다. 식당 내 삭막한 분위기가 식욕을 떨어뜨린다. 사회적 거리두기로 식탁 위를 가린 유리 칸막이가 답답하다. 말을 제대로 할 수 있나, 눈맞춤을 길게 할 수가 있나, 뚝배기에 삼계탕이 아직도 많이 남았는데 수저를 놓고 말았다.

마스크를 끼고 밖으로 나오니 도로를 가로지르며 달리는 앰뷸런스 사이렌 소리가 마음을 무겁게 한다. 스치는

한 줄기 바람이 선선하다. 가로수 나뭇잎도 하나, 둘 단풍
이 들고 있다. 연일 설치던 폭염은 어디로 갔는가. 시절은
하 수상해도 가을은 오려나 보다.

끝이 없는 길

　　　　　　　　　　　　미화원이 가로수 낙엽을 쓸
고 있다. 쓸어도 끝이 없는 낙엽이 귀찮기도 할 것이다. 빗
자루를 들고 나무 밑에 선 그에게 음료수를 건넨다.

　친정 나들이가 즐겁지 않던 어느 날이었다. 오랫동안 병
환으로 누워 계시는 어머니를 볼 때마다 집으로 돌아오는
길은 늘 마음이 짠했다. 그날도 친정에 들러 김장을 전해
드리고 밖으로 나오니 길가의 가로수가 옷을 벗고 있었
다. 나무는 옷을 벗어 가벼워지는데 나의 마음은 옷을 한
겹 더 입은 듯 무거웠다. 모처럼 입은 외투가 바람에 날렸
다. 샛노란 은행잎이 그림처럼 길가에 쌓였다. 낙엽 따라
정처 없이 걷다가 가을비를 흠뻑 맞아도 좋을 것 같았다.

한참을 걸었다. 자동차 클랙슨 소리에 놀라 뒤를 돌아보니 중년의 신사가 차창을 열고 나에게 말을 건넸다. 가을이면 이곳 가로수 길이 좋아 사진 촬영을 왔다고 했다. 그가 차에서 내렸다. 어깨에 멘 커다란 카메라가 눈길을 끌었다. 잠시 침묵이 흘렀다. 그는 나의 뒷모습을 허락도 없이 렌즈에 담았다고 사과를 했다. 나 역시 사진 찍기를 좋아해서 그 마음을 공감했다. 허락도 받지 않고 풍경 속에 들어온 이방인을 얼마나 많이 찍었던가. 그는 나에게 앞모습도 찍어 보고 싶다고 했다. 궁금했다. 작가가 찍은 낙엽 길의 내 모습이.

그는 수차례 카메라 셔터를 눌렀다. 그러거나 말거나 마음은 콩밭에 가 있었다. 친정 집 방문을 열고 밖으로 나올 때 멍하니 나를 쳐다보시던 어머니 생각에 가슴이 저려왔다. 길 모롱이를 돌아가려는데 그가 나의 팔을 낚아챘다. 사진을 이메일로 보내주겠다고 했다.

며칠이 지났다. 끝없이 펼쳐진 가로수 길에 우수에 젖은 여인이 메일에 떴다. 추신으로 '가을이면 만나고 싶은 여인'이라고 쓰여 있었다. 피식 웃음이 나왔다. 진달래 피는 봄에 만나도 괜찮은 여인이 아니던가. 장난기가 발동했다. 진달래 피는 봄날에는 만나고 싶지 않느냐고, 그런데 아직까지 감감무소식이다.

떨어진 가로수 은행잎이 바람을 타고 금빛 물결을 이룬다. 비질을 하던 미화원은 지쳤는지 벤치에 앉아 쉬고 있다. 바람에 날리지 않는다면 그냥 두고 보아도 좋을 풍경이다. 낙엽이 끝이 없는 길, 길 가는 사람들에겐 아름다운 낭만의 길이다. 하지만 미화원에게는 일거리가 많아지는 계절이다.

저 많은 낙엽을 쓸며 낭만을 노래하는 미화원이 얼마나 될까. 유독 가을이면 바람을 타고 이리저리 뒹구는 낙엽들이 달갑지만은 않으리라. 지난날, 끝없이 펼쳐지는 친정 가는 길의 은행나무 가로수가 눈앞에 어른거린다. 지금도 그곳에는 답답한 일상에서 벗어난 사람들이 콧노래를 흥얼거리며 정답게 걷고 있으리라.

그들의 세상

　　　　　　　　　　　공원 산책로를 걷는다. 쉼터
에는 살평상이 놓여 있다. 반가움도 잠시 행인들이 버린
잡동사니 쓰레기들이 여기저기 흩어져 기분을 상하게 한
다. 그것을 줍고 있는데 공공근로를 하는 어르신이 내 곁
으로 다가온다. 그는 여기저기 너저분한 쓰레기를 보더니
대뜸 고함을 지른다. '잘 놀았으면 쓰레기는 집으로 가지
고 가든지, 아니면 한군데라도 모아 두면 얼마나 좋겠냐'
는 것이다. 쓰레기를 내가 버린 것도 아닌데 얼굴이 화끈
달아오른다. 오늘따라 나무 위의 새들도 질책하듯 유난히
지저귄다. 한참 후 어르신이 마음을 가라앉히고 입을 뗀
다.

"저~ 고함을 질러서 죄송합니다. 청소를 하고 있는데 담배꽁초를 툭툭 던지는 사람들을 보면 몹시 마음이 상해요."

나는 얼른 가방을 열어 시원한 생수를 건넨다.

언제였던가. 단체에서 자연보호 캠페인을 하게 되었다. 회원들과 집게와 쓰레기봉투를 들고 앞산을 찾았다. 여러 번 캠페인을 하다 보니 쓰레기를 찾아내는 데에도 요령이 생겼다. 사람들의 마음은 알다가도 모를 일이었다.

쓰레기를 보이는 곳에 두면 청소하기도 쉬울 텐데 숲이 우거져 자세히 보지 않으면 찾기도 힘든 곳에 숨겨 두는 것이었다. 보다 못한 회원이 쓴소리를 했다. 쓰레기를 되가져가기는커녕, 일부러 구석을 찾아 버리는 그들이 원망스럽다고 했다. 산에서 음주가무라도 했는지 곳곳에 술병이 뒹굴고 먹다가 버린 음식물까지 그야말로 난장판이었다.

산책을 마친 어르신들이 평상에 올라 윷판을 깐다. 신명나는 윷놀이가 벌어질 모양이다. 코로나19로 집에서만 있기가 갑갑했었나 보다. 마스크를 끼고 함성을 지르는 그들의 모습이 진풍경이다. 시끌벅적한 그 소리에 산책하던 사람들이 주위를 기웃거린다. '윷 나와라, 모 나와라' 모두들 신이 났다.

청소를 마친 어르신도 그들과 합석을 한다. 나는 살평상 아래로 튕겨 나온 윷가락을 얼른 주워 그에게 건넨다. 어르신이 던진 윷가락이 하늘로 날아오른다. 수심이 가득했던 그의 얼굴에 햇살이 비친다. 조금 전 불편해 보이던 어르신의 모습은 어디로 갔는가. 덩실덩실 어깨춤이 신명나는 그들의 세상이 아름답다.

진정한 배려

　　　　　　　　　　금계국이 장관을 이루는 자
전거 길에 자라가 나타났다. 럭비공만큼이나 큰 놈이다.
잘못하면 달려오는 자전거에 다칠 수도 있겠다. 산책을
하던 사람들이 신기한 듯 우르르 몰려든다. 어디에서 왔
을까. 주위를 둘러보니 낙동강 습지가 한 눈에 보인다.
　어느 봄날, 반곡지에 간 적이 있었다. 햇살을 받은 복사
꽃이 아름다웠다. 둔치를 거닐다가 반곡지 나무 등걸에
나란히 앉은 자라 가족을 만났다. 엄마 자라, 아빠 자라 사
이에 새끼 자라가 평화롭게 일광욕을 즐기고 있었다. 정
겨운 그 모습에 길 가던 아이가,
　"엄마, 자라 우리집에 데리고 가면 안 돼요?"

아이의 눈에도 자라 가족이 보기 좋았나 보았다.

"안 돼! 자라는 이곳이 집이야."

엄마는 보채는 아이의 손을 잡고 발걸음을 재촉했다.

자라가 옴짝달싹도 하지 않는다. 꽃향기에 취해버리기라도 한 것일까. 그대로 두기에는 위험하다고 판단한 일행이 자라를 습지로 보내려고 안간힘을 쓴다. 손으로 들수도 없고 자전거에 매달린 끈을 풀어 자라를 묶는다. 자라는 생명의 위협을 느꼈는지 끈에 묶이지 않으려고 발버둥을 친다. 잠시 생각에 잠긴다. 자라를 위한 진정한 배려는 무엇일까. 자전거가 늘 달리는 곳도 아닌데 그대로 두고 봐도 되지 않을까. 자라의 일탈에 훼방을 놓은 것 같아 미안한 마음이 들기도 한다. 꽃놀이를 사람들만 즐기라는 법이 있던가.

어느 날 TV에서 연못을 떠난 오리들이 인도를 지나 차도로 돌진하는 장면을 보았다. 달리던 자동차가 하나둘 서더니, 오리들이 제 갈 길을 갈 때까지 기다려 주었다. 오리들은 그곳에서 오래 머물지 않았다. 뒤뚱뒤뚱 주위를 몇 번 왔다 갔다 하더니 이내 그곳을 벗어나 숲속으로 사라졌다. 이 광경을 지켜본 운전자들이 안도의 눈빛을 보내며 일제히 자동차를 움직이기 시작했다. 몇 분간의 순간 포착으로 이루어진 광경이 아직도 내 가슴속에 잔잔한

감동으로 남아 있다.

끈에 매달린 자라를 구출한다. 금계국이 지천인 자전거 길에서 자라와 마주 앉았다. 멀리 자전거 한 대가 달려온다. 나는 벌떡 일어나 그곳을 향해 손을 흔든다. 자전거가 멈춘다. 평온을 찾은 자라가 꽃향기에 묻혀 웃고 있다.

대기시간 5분 전

　　　　　간밤에 금식을 하고 병원으
로 가는 길이다. 혈압과 고지혈로 몇 년 전부터 약을 복용
했다. 몇 가지 검사가 끝나고 담당 의사를 만났다. 의사는
나의 얼굴을 가만히 쳐다보더니 혹시 아랫배나 등줄기에
통증은 없었는지 조심스럽게 묻는다. 나는 고개를 흔들며
갑작스러운 질문에 당혹스럽다. 그는 다짜고짜,
　"췌장이 좀 의심스러우니 CT를 함 찍어보셔야 되겠습
니다."
　고요했던 마음이 벌집을 쑤셔 놓은 듯 왕왕거린다. 진료
실을 나오는데 가끔씩 아랫배와 옆구리가 통증이 있었던
것도 같다.

검사를 위해 환자복으로 갈아입는다. 그 차림만으로도 벌써 환자가 된 기분이다. CT실 앞이다. 앞에 기다리는 여자가 있다. 무슨 선고라도 받은 것일까. 보호자까지 대동하고 차례를 기다린다. 그녀가 촬영실로 들어가고 혼자 남았다. 마음이 착잡하고 불안하다. CT 촬영 대기시간 5분 전이다. 몇 년 전, 신우염으로 고생한 병실 생활이 주마등처럼 머리를 스친다.

내 차례다. 소음과 함께 몸이 미끄러져 기기 속으로 들어간다. 숨을 몰아쉴 때마다 하느님, 부처님을 찾는다. 그러면서도 내심 결과도 나오지 않았는데 덜컥 겁부터 먹는 자신에게 제발 나잇값 좀 하라고 타이른다. 촬영 시간 불과 십여 분이 지났건만 몇 시간이 흐른 것 같다.

다시 내과 진료실 앞이다. 결과 보기 대기시간 5분 전이다. 입술이 바짝바짝 마른다. 탈옥수가 감옥으로 끌려가듯 주위를 한 바퀴 휙 둘러본다. 급하게 전화를 거는 사람, 링거를 달고 화장실로 가는 사람, 혈압계에 팔을 넣고도 평화로운 사람들로 분주하다. 만약에 큰 병이면 어쩌지, 아들 얼굴이 눈앞에 어른거린다. 온갖 잡념으로 마음에 먹구름이 낀다.

진료실로 들어간다. 나는 불안한 마음을 감추기라도 하듯 큰 소리로 수고하십니다 하고 인사를 하며 의사의 표정부터 살핀다. 그에게서 심각한 표정은 찾을 수가 없다. 일단은 안심이다. 엉거주춤 의자에 앉는다.

"저어~ 상태가 어떤가요?"

모니터를 쳐다보던 그가 내게로 눈길을 돌린다. 그런데 웃는다. 상황이 좋지 않다면 저렇게 웃을 수 있을까. 그는

"어깨에 힘 좀 빼시고 긴장을 푸시죠."

의연한 척해도 안절부절 못 하는 속마음을 들켰다. 곧이어,

"괜찮습니다. 마음 놓으시기 바랍니다."

나도 모르게 감사합니다 소리가 연거푸 나온다. 내 몸이 괜찮은 게 의사에게 감사한 일인 줄은 예전에는 미처 몰랐다. 의사도 기분이 좋은지 빙그레 웃는다. 화면에 올라온 나의 췌장은 별 문제가 없다. 돌다리도 두들겨 보고 건너라 했던가. 내친김에 가끔씩 재발하는 신우염의 상담도 받아본다.

얼굴을 활짝 펴고 나오니 대기실에 사람들이 빽빽하다. 역시 대기시간 5분 전인 여자의 얼굴이 어둡다. 옆자리에 슬그머니 앉는다. 무릎 위에 다소곳이 모은 그녀의 손끝이 가늘게 떨린다. 나는 "손톱이 참 예쁘네요." 말을 건넨다. 그녀가 나의 못생긴 손톱을 쳐다본다. 하지만 전처럼 손톱을 가리지 않는다. 내 몸이 괜찮다는데 그까짓 손톱

못생긴 게 무슨 대수겠는가.

밖으로 나오니 가로수 은행잎이 노랗다. 대기시간 5분 전에 손끝을 떨던 그녀도 '아무 이상 없다'는 의사의 말을 들었으면 좋겠다.

눈호모

'눈호모' 하는 날이다. 오늘은 영화 관람이 예약되어 있다.

눈호모란 '눈이 호강하는 모임'으로 다른 모임과는 달리 특별한 성격을 지니고 있다. 두 달에 한 번 만나는 시간만큼은 먹지 않고 눈으로 즐기며 물만 마실 수 있다. 그러니 식당가에도 갈 일이 거의 없다. '금강산도 식후경'이란 말도 이 모임에서는 무색할 따름이다. 대체로 짧게 만나는 친목모임은 식당에서 밥을 먹고, 카페에서 차를 마시며 여담을 나누는 게 태반일 터이다. 눈호모는 만나서 보내는 길지 않은 시간을 좀 더 의미 있게 즐기자는 처음의 의도와는 달리 웃지 못할 에피소드도 많다.

가볍게 산행을 하던 날이다. 정상에서 발 도장을 찍고 하산하는데 뒤따르던 일행 한 사람이 보이지 않는다. 너럭바위에 앉아 한참을 기다려도 오지 않아 우리는 내려왔던 길을 다시 올랐다. 10여 분이 지났을까. 이 일을 어쩌나. 그녀가 숲속에서 무언가를 허겁지겁 먹고 있다. 회칙에 따르면 규율 위반에 해당되어 벌칙금이 발생하는 행위이다.

배고픔과 먹는 것을 못 참는 식탐쟁이가 눈호모에서 1년을 버틴 것은 그야말로 기적이다. 그 곤욕을 겪으면서도 모임을 해야 하는 이유를 넌지시 물어보니 자신이 먹는 것을 참을 수 있는 한계가 어디까지인지 알고 싶었다고 한다. 이후 그녀는 눈호모에 모습을 보이지 않았다. 끝까지 살아남겠다던 그녀가 1년 만에 두 손을 든 것이다.

첫 모임을 하던 날, 그들은 체격이 제일 좋은 나를 걱정했다. 고정관념이다. 체격이 크다고 모두 잘 먹지도 않으며, 한두 끼 굶는다고 크게 탈나지도 않는다. 오히려 축적된 에너지 소모로 몸과 마음이 더욱 가벼워지니 이보다 좋은 모임이 어디 있을까. 이제는 '밥 먹었느냐'로 안부를 묻던 예전과는 달리, 먹지 못해 탈나는 사람보다 과식하여 건강을 해치는 사람이 허다하지 않던가.

영화관에 들어선다. 코로나19로 객석이 조용하다. 우리들은 거리두기로 띄엄띄엄 떨어져 앉는다. 불이 꺼지고 영화가 시작된다. 잠시 후 어디선가 부스럭대는 소리가 들린다. 둘러보아도 우리는 영화에 몰두할 뿐 아무것도 먹지 않는다. 나는 가방 속의 생수를 꺼내 벌컥벌컥 들이 켠다.

아! 옛날이여. 고소한 팝콘이 먹고 싶다.

경자년 벽두에

경자년이 밝았다. 휴대폰으로 전송되는 카톡에는 온통 쥐들이 바글거린다. 쥐의 모습도 천태만상이다. 어떤 쥐는 모자를 쓰고 리본 목걸이까지 달고 있다. 쥐의 눈을 보면 총명하기 이를 데가 없다. 하늘의 별들이 저처럼 반짝일까.

도서관 봉사가 있는 날이다. 안내석에 앉아 있으려니 관내가 소란스럽다. 여자들의 속닥이던 말소리가 자꾸만 커져서 독서를 하는 사람들에게 방해가 될 지경이다. 나는 조용히 하든지 아니면 다른 곳으로 가라고 했다. 그들은 수긍을 하면서도 금방은 조용하더니 음성이 또 높아진다. 나는 손가락을 입으로 갖다 대며 또 주의를 준다. 그제야 하나둘 자리에서 일어나 밖으로 나간다. 황당한 것은 그 일행 중에 도서관 봉사자도 끼어있다. 여태껏 도서관 안내는 어떻게 했는지 궁금하다.

그들이 나간 도서관은 본모습을 찾았다. 책을 보던 어르신들도 그들이 못마땅했던지 헛기침을 한다. 그런데 고개를 내리고 나가던 봉사자가 다시 들어온다. 우물쭈물 할 말이 있는 모양이다. 사실은 오전에 봉사를 했는데 친구들이 찾아왔다고 한다. 잠시만 앉았다가 가려던 것이 길어졌다며 사과를 했다. 그 반면에는 나에게 섭섭한 눈치도 없지 않았다.

친구들에게 이곳에서 안내를 한다고 했을 터인데 쫓겨나고 보니 자신의 위신이 말이 아니었을 것이다. 하지만 자리도 공과 사는 구분이 되어야 한다. 그들이 떠들 때마다 독서하는 사람들의 따가운 눈총은 안내자가 받아야 한다. 경자년 벽두에 그녀의 체면이 말이 아니다. 친구들은 어디로 갔느냐고 물으니 찻집에 있다고 한다.

잠시 그녀와 찻집으로 내려간다. 그런데 찻집이 조용하다. 나도 모르게 웃음을 터트린다. 수다를 떨어도 될 자리에서는 입을 꼭 다물고 멀뚱하게 앉아 있는 꼴이라니. 나는 그들의 옆자리에 앉으며,

"여기는 도서관이 아니잖아요. 얘기들 하세요."

아직도 도서관에서 쫓겨난 게 섭섭한 모양이다. 마침 카톡이 들어온다. 동영상을 열어보니 흰 쥐들이 얼씨구 춤을 춘다. 그들에게 돌아가며 보여준다. 조용하던 찻집에 생기가 돈다. 그럼 그렇지 그 버릇이 어디 갈까.

다시 와장창창 접시가 깨지기 시작한다. 슬그머니 일어나 찻값을 계산한다. 그들을 쫓아낸 값이다. 경자년 벽두에 그녀가 활짝 웃고 있다.

뚝배기보다 장맛이다

　　구청에서 주관하는 프로그램이 눈길을 끈다. '남구드림 행복아카데미'로 전국 각계각층의 유명 인사를 초빙하여 지역민에게 유익한 강좌를 선보인다.

　일찌감치 강연장을 향해 집을 나선다. 오늘의 강사는 '영원한 이등인생은 없다'란 주제로 강연을 할 방송인 전원주 선생이다. 도착한 강당에는 그녀의 인기를 짐작하고도 남음이 있다. 이른 시간인데도 사람들이 인산인해를 이룬다. 정해진 시간에 구청 관계자에 둘러싸인 전원주 선생이 모습을 드러낸다. 강당은 박수 소나기로 시끌벅적 웅성웅성 야단법석이다. 사회자가 강사를 소개하자 그녀

는 첫 인사말부터 웃음보를 터트리게 한다. 경상도 버전으로,

"여러분! 키도 짜리몽땅하고 꼬라지도 볼품없는 지가 방송인이 어떻게 되었는지 궁금하시지요?"

분주하던 강당이 쥐 죽은 듯 조용하다. 그녀 특유의 박장대소가 화기애애한 분위기로 몰고 간다. 직접 본 그녀는 가까이하기에는 너무 먼 당신이 결코 아니다. 이웃집 아줌마처럼 편안하다. 꽃무늬가 화사한 의상이 촌스럽긴 했지만, 수수하게 생긴 이미지가 정감이 간다. 뚝배기보다 장맛이라 했던가. 시간이 갈수록 그녀의 강연은 시원한 아스팔트 길을 획획 달리며 홈런타를 연거푸 날려 강연장은 웃음이 떠나지 않는다.

가끔씩은 강사의 힘들었던 지난 시절로 돌아가 눈시울을 붉힌다. 그녀는 장녀로 태어나 어머니의 편잔과 설움을 받고 자랐다. 장녀는 살림 밑천이라고도 했던가. 풍족하지 못한 집안의 굿은일과 동생들 치다꺼리로 하루해가 모자랐다. 하지만 그녀의 어머니는 선견지명先見之明이 있었나 보다. 어려운 형편에서도 그녀를 대학에 보냈다. 당시만 하더라도 남자도 아닌 여자를 대학에 보내기란 쉽지 않았다. 대학 진학을 권하던 어머니가 하던 말이 걸작이었다.

"지지리도 못난 것이 머릿속에 먹물이라도 들어있어야 시집이라도 보내지!"

어머니의 바람대로 강사는 듬직하고 인물 좋은 경상도 남자를 만났다. 강사는 연애 시절 자신이 남편을 더 좋아하여 병아리가 어미닭을 졸졸 쫓아다니듯 귀찮게 했다고 한다. 동아방송 공채 성우 1기로 활동을 시작하여 드라마 신입 시절에는 눈물의 빵을 먹어야 했는데, 강사에게 주어진 배역은 툭하면 가정부였다. 고상하고 우아한 배역을 하기 싫은 사람이 어디 있겠는가.

그녀에게는 꿈만 같은 일이었다. 천날만날 앞치마나 두르는 가정부 역할이지만, 그 역할의 일등이 되고자 피나는 노력을 했다. 드라마에서도 공주 역할을 하는 사람은 공주 대접을 받았고, 가정부 역할을 하는 사람은 가정부 대접을 받았다. 집안에서도 예외는 아니었는데, 남편은 새벽같이 나가서 밤늦게야 파김치가 되어 들어오는 그녀에게 "브라운관에 가정부라도 좀 길게 나오면 누가 뭐라고 하나! 물 한 잔 들이켜고 보면 지나가 버리는 역할을 하면서 온종일 밖에서 무엇을 하느냐?"고 구박이었다.

이것저것 잡다한 심부름은 도맡아 했건만, 출연료는 쥐꼬리만 했다. 안방마님(사미자)은 곱게 차려입고 기품 있게 '이리 오너라~ 저리 가거라~' 만 외쳐대어도 출연료는 자신보다 몇 곱절이나 많았다. 상다리가 부러지도록 차린 밥상을 들고, 온종일 들락날락 몸을 혹사하고도 교통비와 밥 한 그릇 사 먹기도 빠듯했던 시절, 가정부 역할이라면 그 누구도 따라가지 못할 연기력을 과시하기에 이르렀다. 강사는 그 인기에 힘입어 관계자에게 앞치마를 좀 벗게 해달라고 부탁을 했다.

그러던 어느 날, 관계자가 기분 좋게 그녀를 불렀다. 안 방마님의 배역이라도 기대했건만, 기대만큼 실망도 컸다. 대본을 본 그녀의 눈꼬리가 치켜올라졌다. 그것도 그럴 것이 무당이 살풀이하는 역할이었다. 그 후로 강사는 소 크라테스의 '너 자신을 알라' 란 명언을 가슴 깊이 새기게 되었다고 한다. 당시, 그녀가 제일 부러웠던 연예인은 안 방마님 역의 단골로 등장했던 탤런트 사미자였다고 한다.

함박웃음으로 강연을 마치고, 강단을 내려오는 강사가 자랑스럽다. 목표를 향한 굳은 의지와 집념으로 한 우물 을 판 그녀의 한 길 인생이 빛을 발한다. 우레와 같은 박수 가 영원한 이등인생은 없음을 증명하듯 기립박수가 된다.

주어진 환경과 모습에서 최선을 다한 그녀의 결실에 엄 지를 치켜세운다. 못났어도 잘난 사람 모방하지 않고, 내 색깔의 무지개를 찾은 그녀가 이 시대의 진정한 일등 인 생이 아니던가! 강당을 빠져나가는 강사의 반짝이는 구두가 하나도 어색하지 않다.

　구청 문을 나선다. 나의 이등 인생의 목표는 무엇이며, 그 꿈을 실현하고자 일등 인생으로 가는 길에 최선을 다했는지 생각해 본다.

태풍시대

　　　　　　　13호 태풍 '링링'이 한반도
를 강타했다. 바람에 창문이 요란하다. 베란다에 펄럭이
는 빨래를 갈무리한다. 바람이 언제쯤이면 잠잠해지려나,
일기예보에 신경이 곤두선다. 결실의 계절에 농민들의 애
간장이 녹는다.

　한 달이 멀다 하고 17호 태풍 '타파'가 비바람을 몰고
온다. 여기저기 방죽이 터지고, 강물이 범람했다. 시국도
계절도 바야흐로 태풍시대다. 한나절이 지나니 '타파'는
꼬리를 감추고, 언제 그랬냐는 듯 시침을 뚝 뗀다. 빗물이
휩쓸고 간 황량한 자리마다 햇살이 내려앉는다.

　나에게도 태풍시대가 있었다. 지나고 보니 나빴던 것만

은 아니었다. 건강에 빨간 불이 켜지면서 몸 상태를 점검하는 계기가 되었고, 산다는 게 만만치 않음을 실감했다. 인생의 행로에 미풍만 분다면 무슨 낙이겠는가. 평범하고 겸허한 삶은 그냥 얻어지는 게 아니었다.

내 삶의 중반에 신장에 브레이크가 걸렸다. 노폐물이 빠지는 통로가 좁아져 신우염이 발병했다. 신장 확장 시술이 무려 10시간이나 걸렸다. 마취에서 깨어나니 온몸이 풍선처럼 부풀었다. 갑작스런 구토와 어지럼증에 혈압이 떨어지고 병실 천장이 빙글빙글 돌았다. 회복실에서 시술을 주도한 의사를 반나절 만에 만났다. 그의 모습도 지쳐 보였다. 예상보다 상태가 좋지 않아 시술 시간이 오래 걸렸다고 했다. 차라리 개복 수술을 했더라면 더 좋을 뻔했다고 했다. 환자도 의사도 장시간의 시술에 탈진 상태가 되었다.

다음 날은 온몸이 욱신거려 옴짝달싹도 할 수 없었다. 주렁주렁 매달린 링거가 귀찮고 불편했다. 의사가 나의 몸 상태를 살폈다. 몸의 부기는 차차 빠질 거라며 걱정 말라고 위로했다. 의사의 쉰 목소리와 튼 입술이 그때의 고단함을 대변하는 것 같았다. 인명을 다루는 그들이 더욱 우러러 보였다.

한 달이 지났다. 링거가 하나 둘, 몸에서 떨어져 나갔다.

퇴원을 앞두고 담당 의사를 찾았다. 그의 얼굴에 눈길이 멈췄다. 쉰 목소리도 부은 입술도 말끔히 나았다. 의사가 웃으며,

"내일 퇴원하셔도 되겠습니다. 그동안 고생 많았습니다."

나의 눈언저리가 붉어졌다.

"선생님도 애쓰셨습니다. 몸 관리 잘 하겠습니다."

하지만 그와의 마지막 면담이 그리 반갑지만은 않았다.

사람의 체질에 따라 넓혀 놓은 통로가 그대로 있을 수도 있고, 다시 좁아질 수도 있다고 했다. 내 몸에 제2의 태풍이 올 수도 있다는 얘기가 아니던가.

'타파'가 물러간 지 얼마 되지 않아 18호 태풍 '미탁'이 한반도를 강타했다. 유난히 태풍이 잦다. 크고 작은 태풍이 나름의 이름을 달고 세상을 불안의 도가니로 몰고 간다. 하지만 태풍이 지구에 좋은 영향을 주기도 한다. 생태계 활성화와 지구의 열 균형을 잡아 주지도 않던가.

태풍을 겪은 내 삶에 미풍이 분다. 몸도 점차적으로 좋아지고 있다. 재발이 된다 해도 당당하게 맞서리라. 신체의 근육을 키우고 마음은 비우련다. 제19호 태풍 '하기비스'가 코앞에서 알짱거린다. 베란다 창틀을 테이프로 단단히 붙인다.

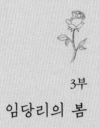

3부

임당리의 봄

뱃골 마을에 가다

가을볕이 따갑다. 봉사단체
에서 뱃골 마을에 가는 길이다. 마을 입구에 들어서니 코
스모스가 한껏 반긴다. 한적한 시골길에서 할머니가 우리
를 맞이한다.

"어디서 오셨능기요?"

대구에서 배 따드리려 왔다고 했더니 긴 장대를 가져다
준다. 동네 한 바퀴를 돌아본다. 기와집과 배나무가 잘 어
울리는 전형적인 시골마을이다. 가구마다 앞뜰과 뒤란에
배나무 한 그루씩을 품고 있다. 수령이 꽤 오래된 듯 보이
는 늙은 나무는 가지가 휘어질 듯 열매를 달고도 끄떡없
다. 그것을 올려다보는 할머니의 얼굴에 회한이 서린다.

배를 따기 전에 바닥에 커다란 마대를 깐다. 일일이 주우러 다니는 수고를 덜기 위해서다. 장대를 든 회원이 다람쥐처럼 나무를 탄다. 늙은 나무가 장정의 몸을 견뎌낼지 심히 걱정이다. 혹시 가지라도 부러지면 낙상의 위험이 있어 마음이 조마조마하다. 회원이 장대로 나무를 사정없이 후려친다. '후두두둑' 돌배가 우박처럼 쏟아진다. 순식간에 마당 가득 돌배지천이다. 우리는 마대의 폭을 좁히고, 포대의 입을 열어 배를 주워 담는다. 할머니는 장대로 나무를 칠 때마다 몸을 움츠리며 깜짝깜짝 놀란다. 마치 당신의 몸이 장대에 맞은 것처럼.

잠시 휴식시간이다. 방으로 들어간 할머니가 음료수를 들고 나오신다. 입가를 적시며 배꽃처럼 하얗게 웃는다. 할머니가 뱃골 마을로 시집을 온 지도 60여 년이 되었다. 오 남매를 출가시켜 도시로 보내고, 지금은 혼자 집을 지키고 계신다. 자식들이 도시에서 함께 살자고 했지만 정든 땅을 두고 떠날 수 없었다. 남편은 지병으로 일찍 먼 길을 떠났다니 홀로 자식 바라지에 고된 삶이었으리라. 그나마 적적함을 달랠 수 있었던 건 방문만 열면 장승처럼 서 있는 배나무가 있었음이다. 긴 세월 할머니에게 돌배처럼 달콤한 날은 명절이었다. 달려오는 손자들 보는 낙이라고.

포대에 배가 가득하다. 돌배를 내려놓은 나무가 허전하다. 할머니는 빈 가지를 쳐다보며

"아이고! 돌배 한 짐 지고 여태껏 애썼대이. 이제는 푹 쉬거래이."

윤기 없는 흰머리가 바람에 날린다. 우리는 가져온 선물을 살평상에 내려놓는다.

"할머니, 봄에 배꽃이 피면 놀러 올게요."

마을 모롱이를 돌아가는데 할머니가 손을 흔든다.

"배꽃 피면 꼭 오거래이."

멀어지는 뱃골 마을에 해가 저문다.

임당리의 봄

　　　　　　　　　　　동곡 임당리, 어머니의 고향
을 찾았다. 외갓집이 있던 그곳은 빌라촌으로 바뀌었다.
아쉬운 마음을 뒤로하고 계곡물이 흐르는 골짜기를 따라
발걸음을 옮긴다. 바위틈새의 해묵은 낙엽들이 바람을 타
고 물위로 내려앉는다.

　저 멀리 뚝방 길에 아지랑이가 피어오른다. 지난날, 할
머니와 마지막 작별을 하던 뚝방 길, 할머니의 꽃상여가
너무 고와 돌아서서 하염없이 눈물짓던 길이었다. 양지
녘 밭두렁에는 웃자란 냉이꽃이 하얗게 웃는다. 멀리 트
랙터로 밭을 가는 농부들이 간간이 보인다.

　유년 시절, 어머니와 손잡고 외갓집에 갔다. 사립문을

들어서면 할머니는 뛰어나와 버선발로 나를 안았다. 복숭아꽃 살구꽃이 아름다운 임당리의 봄은 우물가에서 나물을 씻는 아낙들의 웃음소리로 시작되었다. 나물을 씻다가 두레박째로 물을 벌컥벌컥 들이켜던 할머니, 그때는 목이 말라서 마시는 줄로만 알았다.

보릿고개 넘기려고 아껴두었던 감자 한 소쿠리를 몽땅 손녀의 간식으로 쪄주시던 할머니가 보고 싶다. 저녁이면 가마솥이 걸린 아궁이에 불을 지펴 무를 채 썰어 넣고 잡곡밥을 하셨다. 갓 지은 밥 위에 향긋한 봄나물, 냉이를 넣은 구수한 된장국이 그리워진다. 잎 달린 시큼한 총각김치를 통째로 들고, 고개를 뒤로 젖혀 목젖이 보이도록 입을 벌리던 그때를 생각하면 지금도 입 안에 침이 고인다.

고려 삼은의 한 사람인 길재 선생의 시조 회고가 중 '산천은 의구하되 인걸은 간 데 없다' 란 글귀가 머리를 스친다. 다시 찾은 임당리는 산천도 인걸도 가고 없다. 임당리로 들어가던 꼬불꼬불 샛길은 큰 도로로 바뀌었다. 소달구지 덜컹대던 정겨운 그 길은 어디쯤일까. 아스팔트 대로를 눈길로 더듬는다. 빛바랜 추억 하나가 기억 속에 희미하다. 소를 모는 할머니 옆에 단발머리 소녀가 발을 동동거리며 보채고 있다.

"할머니 다리 아파요. 소 등에 태워주세요."

건넛마을에서 포클레인이 굉음을 내며 땅을 헤집고 있
다. 끝없는 도시개발로 마음의 고향이 사라져간다. 내 어
릴 적, 염소 떼가 지나간 길에 하얀 먼지 자욱했던 시골길
이 눈앞에 가물거린다. 그때의 할머니가 보고 싶다.

서원의 가을

가을이 깊어간다. 도동서원
에 가는 길이다. 노랗게 물든 은행나무를 만났으면 좋겠
다. 서원으로 가는 길은 전에 없었던 터널이 보인다. 그곳
을 가로지르니 목적지까지는 거리가 한결 짧아졌다. 바쁜
일상 속에서 시간을 벌 수 있음은 반가운 일이다. 아쉬움
이 있다면 조금 돌긴 하지만 구불구불 다람재 전망대에서
내려다보는 멋진 정취를 볼 수 없음이다.

샛노란 은행잎을 보려는 기대가 빗나갔다. 아직은 초록
잎을 더 많이 품은 거목이 위풍당당하다. 도동서원은 선
조 때 국가에서 내린 서원으로 은행나무는 한강 정구 선
생이 기념수로 심은 것이라고 전한다. 이 나무는 당시 안

동부사로 재직 중이던 한훤당 김굉필 선생의 나무라고도 불린다. 서원을 지은 목적은 김굉필의 학문과 덕행을 추모함이다. 유네스코 세계문화유산에도 등재되었다.

400년이 넘은 웅장한 은행나무를 돌아본다. 군데군데 지렛대로 몸을 지탱하고 있다. 하늘로 곧추선 은행나무와는 달리 가지가 옆으로 뻗어나 자식을 품은 어미의 모습처럼 아늑하다. 천 년을 산다는 노거수 앞에서 백 년도 못 살면서 경거망동하는 우리네 인간사가 부끄럽다. 뿌리 깊은 나무는 자리를 옮기지 않으며, 거센 바람에도 쉽게 몸을 내어 주지 않는다.

'내 안의 주인을 부른다' 는 환주문을 들어선다. 정면으로 보이는 중정당 양쪽에는 유생들의 숙소로 쓰였다는 거인재와 거의재가 있다. 대들보는 서원 중의 서원이라는 의미로 흰 창호지로 감싸있다. 낙동강을 오가는 배가 창호지에 비친 빛을 보고 도동서원을 향해 예를 갖추었다는 설이 있다. 중정당에 걸터앉아 생각에 잠긴다. 그 시절 스승과 유생들이 나눈 대화는 무엇이었을까.

물 위에 비친 달빛으로 글을 읽는다는 뜻을 지닌 누각, 수월루에 오른다. 탁 트인 공간 속으로 낙동강이 한눈에 들어온다. 서원을 찾아드는 나그네들이 시를 읊으며 풍류를 즐겼던 곳이었으리라. 나도 어설프게 뒷짐을 지고 느

린 걸음을 걸어본다. 헛기침을 두어 번 한 후, 시 한 수를
흥얼거린다.

　수월루를 내려오니 울긋불긋 배롱나무 사이로 즐비하게
늘어선 토담이 눈길을 끈다. 돌과 기와를 흙으로 쌓고, 수
막새로 장식을 했다. 담장은 주위의 경관과 어우러져 도
포자락을 휘날리는 선비처럼 멋스럽다. 목에 명찰을 건
관광객들이 은행나무 주위를 돈다. 옆에 도포를 입고 갓
을 쓴 해설사도 보인다. 부채를 든 품새가 영락없는 선비
다. 가을이 무르익는 서원에서 선비의 불요불굴 정신을
되새겨 본다.

달빛 호수를 여행하다

　　　　　　　　울산 대공원이다. 가족 나들이로 달빛 호수를 찾았다. 공원 입구의 '달빛 호수를 여행하다' 란 슬로건이 마음을 설레게 한다. 화려한 불빛축제가 호수를 중심으로 환상을 이룬다. 보름달과 별빛을 테마로 한 작품들이 광활한 호수와 어우러져 감탄을 자아낸다. 호수에 빠진 달과 별들의 반영이 나의 유년 시절을 부른다.

　어머니는 정월 열나흗날이면 잠을 설치셨다. 대보름 새벽, '달뜨기' 로 제일 먼저 우물가에 물을 길으러 가기 위함이었다. 지방마다 그 호칭은 다르지만 부녀자들이 가정의 평화와 무탈을 기원하고, 한 해의 풍작을 염원하는 세

시풍속이기도 했다. 새벽녘 첫 닭이 울면 머리에 동이를 이고 달빛 속으로 달려가신 어머니의 모습을 기억해 본다. 하늘에도 두레박을 내리던 우물 속에도 휘영청 보름달이 떠 있었으리라. 밤을 지새워 달을 길어 올리는 어머니의 간절한 기도는 가족의 건강이었다. 장독 위에 정안수를 떠 놓는 어머니의 모습이 잊히지 않는다. 달빛 속의 어머니는 천상의 여인이었다.

다리가 놓인 호수 속으로 들어간다. 두둥실 달 속에 별들이 속삭인다. 물속에 반영되는 내 모습도 큰 별이 된다. 연인들의 웃음소리가 귓가에 들려온다. 호숫가 저 멀리서 아들이 빨리 오라고 손을 흔든다. 하지만 나의 기도는 아직 끝나지 않았다. 정화수는 못 떠 놓더라도 다 차려진 밥상에 수저 하나 더 놓는다. 마음속으로 달을 길어 올린다. 불빛 속에서 가정의 무탈을 빌며 눈을 감는다. 장독대에서 두 손을 모으던 어머니의 얼굴이 가물거린다. 내 가슴에 수많은 별들이 쏟아진다.

풍각장의 봄

장바구니를 들고 청도 풍각 장을 찾았다. 장날은 오일장으로 매월 끝자리가 1일과 6 일이다.

장터 갓길에는 할머니들이 옹기종기 모여앉아 봄나물 을 판다. 나물을 캐러 산과 들로 발품을 팔았을 그들의 노 고를 생각해 본다. 연록의 다래순과 두릅이 봄볕에 윤기 가 자르르 흐른다. 왜바지를 입은 수수한 차림새가 시골 집 어머님을 만난 듯 푸근하다. 달래, 냉이, 씀바귀가 바구 니마다 소복하다.

장터의 진미는 그래도 출출할 때 먹는 국밥이다. 간판이 없어 더 유명해진 소머리국밥집에 들어간다. 풍각 시장이

유명세를 떨칠 7~80년, 국밥집도 문전성시를 이루었다. 규모는 작지만 따뜻한 인심이 느껴지는 훈훈함이 식당 곳곳에 배어있다. 단돈 오천 원이면 국물 반 고기 반으로 푸짐한 한 끼를 해결할 수 있는 곳이다.

자리에 앉는다. 아침을 거르고 나온 상인들이 때늦은 식사를 하고 있다. 모습도 후덕한 주인아주머니는 밥을 더 달라고도 않는데 덤으로 공깃밥을 그들 앞에 갖다놓는다. 새벽에 일어나 아침을 거르고 장터로 나온 장정들의 간에 기별도 않을 작은 공깃밥이 허기를 달래주지 못함을 그녀는 알고 있는 것일까. 이것저것 퍼주고도 남는 것이 있는지 궁금하다. 오랜 세월 그녀의 변함없는 성심에 장터를 오가는 사람들이 지금도 문지방이 닳도록 드나드는 것인지도 모를 일이다. 먹은 국밥은 역시 소문만큼이나 국물 맛도 진국이다.

고소한 냄새가 발길을 붙잡는다. 참기름 가게의 허름하고 소박한 진열대에 기름이 빼곡하다. 깨를 볶던 아저씨가 풍각 시장이 성황을 이루던 지난날을 얘기한다. 새벽에 동이 트면 서서히 몰려드는 인파로 방앗간은 쉴 틈이 없었다. 명절이 임박한 장날이면 기름 짜고 고추 빻고, 제상에 올릴 떡까지 밤이 이슥하도록 호황을 이루었다. 지금은 모두 옛날이야기가 되었지만, 밥 안 먹어도 배불렀던 그 시절 덕분에 자식 농사 거뜬하게 잘 지었다며 흐뭇하게 웃는다.

장바구니를 차에 싣는다. 마수걸이와 떨이가 있는 곳, 한 줌의 덤이라도 서로 나누며 얼씨구 노랫가락 구성진 풍각 시장이 멀어져간다. 지난날, 장터에서 막걸리 한 사발로 행복해하시던, 아버지의 모습이 복사꽃 사이로 어른거린다.

기차가 있는 카페

　　　　　　　　　　가창 기차 카페를 찾았다.
카페 입구에는 레일이 깔려있어 기차여행을 온 듯 마음이
설렌다. 2층에는 아이를 동반한 젊은 부부와 연인들이 태
반이다. 창 너머 모내기가 끝난 논들이 평화롭다. 주문한
음료가 미니 기차에 실려 좌석 중간마다 설치된 레일을
탄다. 칙칙폭폭, 기차 소리가 점점 가까워진다.
　유년 시절, 친구들과 기차놀이로 시간가는 줄 몰랐던 기
억들이 빛바랜 추억 되어 눈앞에 아른거린다. 해님이 서
산을 넘으면 친구들과 어깨에 두 팔을 나란히 걸고, 기차
놀이로 동네 곳곳을 누비고 다녔다. 앞서가는 철이의 발
을 밟아 검정고무신이 홀라당 벗겨져 도랑에 빠진 적도

있었다. 나는 도랑으로 신발을 건지러 간 철이가 무어라 할까 봐 고개를 떨구었다. 하지만 철이는 듬성듬성 알 빠진 옥수수처럼 뻐끔한 잇몸을 드러내며 바보처럼 씨익 웃기만 했다. 다른 애들에게는 주먹질도 곧잘 하더니만 나에게만 왜 그리 잘해 줬을까. 둘이 숨바꼭질로 꼭꼭 숨었다가 술래가 찾지 못하면 그곳에서 잠이 들어 어머니의 애간장을 태우기도 했다.

옛날 할머니께서 기찻길에 얽힌 이야기를 더러 해 주셨다. 기찻길 옆 부부는 원앙처럼 금슬도 좋아서 아이들도 많다고 했는데, 그때는 그게 무슨 말인지 이해가 가지 않았다. 어른이 되어서야 고갯방아를 끄덕이며 입가에 미소가 번졌다. 여름밤, 야산에 반딧불이 반짝이고, 마당에서 쑥 향 가득한 모깃불에 감자를 구워 먹던 아련한 그 시절, 꿈에서라도 가고 싶은 그리운 고향 산천이다.

기차가 테이블 레일 위에 멈춘다. 커피를 내리고 가만히 있으니 기차는 잠시 정차하며 번호표를 달라고 보챈다. 달달한 카페라테가 입 안에서 옛 추억과 살살 녹는다. 맞은편 아이는 아까부터 기차가 타고 싶다고 난리다. 기차를 타고 싶은 게 어디 아이뿐이겠는가.

창가에 햇살이 멀어진다. 밖으로 나오니 바람이 상쾌하다. 포토 존으로 만들어 놓은 기차가 없는 레일이 왠지 쓸

쓸하다. 코스모스 한들거리는 가을이 오면 기차를 타고
어딘가에서 흰머리를 세고 있을 옛 친구를 만나고 싶다.

운곡 서원의 만추

가을이다. 샛노란 은행잎이 아름다운 날이면 서원에 가고 싶다. 길가의 은행잎이 바람에 날리면 어디론가 여행을 떠나고 싶다.

살풋 단꿈을 꾸었다. 도포자락 길게 드리운 도령과 은행나무가 그림 같은 서원의 뜰을 걷고 있었다. 꿈속에서 본 나의 모습은 긴 머리를 외갈래로 땋아 빨간 댕기를 묶었다. 노랑 저고리에 연분홍 치마를 곱게 입은 낭자가 도령을 바라보는 눈빛이 심상치 않다. 꿈속인지 생시인지 전화 벨소리가 울렸다.

잠에서 깨었다. 하필이면 그때 전화가 올 것이 무엇이란 말인가. 꿈속의 도령과 손도 한 번 못 잡아 봤는데 아쉽기가 그지없었다. 다시 눈을 감았지만 좀처럼 잠이 오지 않았다. 낯선 듯하면서도 낮이 익은 꿈속의 그곳은 어디일까. 마음속으로 도동서원을 들렀다가 영천 임고서원을 그려본다. 하지만 꿈속에서 본 그곳이 아니다.

경주 운곡서원으로 치닫는다. 아하! 그곳이로다. 쇠뿔도 단김에 빼라고 했던가. 밖으로 나오니 가을 햇살이 눈부시다. 차창 가를 스치는 빈 들녘, 가로수 길에는 낙엽이 쌓여간다. 운곡서원에 가면 금방이라도 커다란 부채를 손에 들고, 멋을 잔뜩 부린 꿈속의 도령을 만날 것만 같다.

운곡서원이다. 숨 가쁘게 계단을 오른다. 꿈속에서 본 400여 년 된 은행나무가 위풍당당하다. 샛노란 은행잎이 바람을 타고 유연정 지붕 위를 노랗게 수놓는다. 서원을 몇 바퀴 돌아본다. 도령은 어디에 있는가. 롱드레스를 입은 아리따운 여인이 은행나무 아래에서 요염하게 포즈를 취하고 있다. 사진작가가 연신 카메라 셔터를 누른다.

기와지붕 처마 끝에는 풍경 소리가 청아하다. 땅거미가 멀어지는 운곡서원에 끝내 도령은 보이지 않는다. 한 줄기 바람이 나뭇가지를 마구 흔든다. 은행잎이 도포자락 휘날리듯 우수수 떨어진다. 어쩌면 꿈속에서 만났던 잘생긴 도령은 저 은행나무가 아니었을까.

은행나무 한 그루

　　　　　　　　　아파트 화단에 아름드리 은
행나무가 멋스럽다. 여름은 시원한 그늘막이 되어 주고,
가을은 황금빛 은행잎이 마음을 설레게 한다.

　아파트 정문을 나선다. 멀리서 바라보는 은행나무 한 그
루가 단풍이 퇴색되어 간다. 이상하다. 그 옆 나무들은 샛
노란 물감을 부어 놓은 듯 화려한데, 유독 한 나무만이 생
기가 없다. 아직 낙엽이 질 때도 이른데 왜 그럴까. 잠시
발길을 돌려 나무를 살펴본다. 관심이 없으면 제대로 볼
수 없는 부분이 시야에 들어온다. 나무가 심어진 바닥이
온통 시멘트로 싸여있다. 그 모습이 지난날 일상의 스트
레스로 숨통을 조이며 살았던 나를 보는 듯하여 마음이

짠하다. 아마도 아파트 바닥 포장공사를 할 때 나무를 배려하지 못한 듯했다. 땅속으로 공기와 햇볕, 수분이 제대로 스며들지 못하니 나무가 생기가 없는 건 당연한 일일 것이다.

내 삶의 중반에 무엇 하나 이루어 낸 것도 없이 세월만 흘렀다. 결혼을 하고 가정을 이루며 며느리로 아내로 엄마로 살아간다는 게 만만하지 않았다. 바쁜 틈새를 비집고 아르바이트와 양가 병든 어머님 수발까지 몸이 두 개라도 모자랄 판이었다. 일인 다역을 소화하기에는 역부족이었던지 몸이 반란을 했다. 신장수술을 몇 차례 반복했지만 몸이 늘 개운치 않았다. 잠시라도 쉬어 갈 의자가 필요했다.

숨통을 열어 줄 무언가가 간절했다. 학창 시절부터 염원했던 글쓰기와 자원봉사를 시작하면서 지치고 건조한 심신은 차츰 회복이 되었다. 낮이나 밤이나 틈만 나면 글쓰기로 가슴속에 쌓여 있던 오수를 퍼내고 또 퍼내었다. 지친 몸속에 억압된 모든 것들이 차츰 밖으로 쏟아져 나왔다. 밥을 먹지 않아도 배고픈 줄 몰랐고, 잠이 모자라도 피곤하지 않았다.

가슴속에 실타래처럼 엉켜 있던 것들이 하나 둘 풀리면서 얼굴에 생기가 돌았다. 나의 글쓰기는 퍼내어도 마르지 않는 샘물처럼 목마른 내 가슴에 단비가 되었다.

　다음 날, 아파트 관리사무실을 찾았다. 은행나무를 살려
달라고 건의를 한다. 관리소장은 곧바로 직원들과 시멘트
를 걷어 내고 나무에 물을 준다. 오랜만에 물세례를 맞은
은행나무가 바람을 타고 온몸을 뒤튼다. 메마른 은행잎이
땅 위에 우수수 떨어진다. 겨울이 지나고 따뜻한 봄이 오
면 나무는 또 다시 새순을 틔우리라. 나도 그들과 함께 은
행나무에 쉴 새 없이 물을 퍼붓는다.

바다로 간 여인

　　　　　　　　　　꿈속에서 바다로 간 여인이
있었다. 그녀는 바다를 좋아했다. 철썩이는 파도를 헤치
고 광활한 바다의 품에 안겼다. 여인은 지상에서 느낄 수
없는 희열과 기쁨에 빠져들었다. 온몸으로 감겨오는 물결
은 솜이불처럼 포근했고, 숨도 차지 않았다. 꿈속에서도
꿈이라면 깨어나지 말라고 빌었다.

　바닷속 깊은 곳을 헤엄쳤다. 아기 고래도 만나고, 수초
사이로 산호도 보였다. 수많은 형형색색의 물고기들이 그
녀에게로 몰려들었다. 어느새 그녀도 알몸이 되어 바닷속
을 유유히 헤엄쳐 다녔다. 황홀한 용궁도 만났다. 하지만
그곳에는 동화 속의 용왕은 보이지 않았다. 몸 큰 고래가

용상에 떡하니 앉아있었다. 그 옆에는 또 다른 고래들이 몸을 흔들며 낯선 이방인을 신기한 듯 구경했다.

바다여행에 지친 그녀는 휴식이 필요했다. 하지만 쉴 자리는 아무 곳에도 없었다. 불안해지는 순간 갑자기 숨이 가빠왔다. 돌아가야 할 육지가 아득했다. 옷을 벗었으니 돌아갈 수도 없었다. 그녀의 마음은 간사했다. 이번에는 꿈속에서도 모든 게 꿈이기를 간절히 기도했다.

수면 위로 올라온 그녀가 긴 숨을 몰아쉬었다. 간신히 바위에 걸터앉았다. 솜이불만 같았던 물결이 얼음처럼 차가웠다. 멀리 고깃배가 지나갔다. 사람이 그리워 눈물이 찔끔 났다. 현실을 팽개치고 무작정 바다를 사랑한 대가였다. 바람을 타고 집채 같은 파도가 밀려왔다. 파도는 질책이라도 하듯 그녀의 몸을 사정없이 내리쳤다.

화들짝 놀라 꿈에서 깨어난 여인의 온몸에 식은땀이 흘렀다. 잠결에서도 옷을 벗었는지 여전히 알몸이었다. 여인은 휴대폰 울리는 소리에 정신이 번쩍 들었다. 퇴근을 한다는 아들의 목소리에 옷을 주섬주섬 주워 입었다.

"어머니 내일 주말인데 겨울바다 보러 갈까요."

그녀는 대답도 않고 휴대폰을 슬그머니 내려놓았다. 그러고는 혼잣말로 중얼거렸다.

'금방 갔다 왔는데 바다는 무슨!'

가을로 가는 기차

　　　　　　　　문학기행을 떠났다. 순천만
이다. 회원들이 손을 맞잡고 갈대밭으로 달려간다. 무리
지은 갈대가 바람결에 자유롭다. 대평원의 둘레 길에 여
행객들이 꼬리를 문다.

　알록달록 가을을 수놓는 아름다운 꽃길이다. 길은 몇 갈
래다. 사람들은 제각기 가고 싶은 길을 걷는다. 우리들은
삼삼오오 걷다가 벤치에 앉았다. 가끔씩 개펄 속을 유심
히 살핀다. 눈이 불거진 짱뚱어가 뻘 속에서 유유자적이
다. 뻘은 자식을 품는 어머니를 닮았다. 제 할 일을 모두
하면서도 생색내지 않는다. 아무도 좋아하지 않을 질펀한
몸으로 대를 올려 꽃을 피운다. 미세한 생명까지도 홀대

하지 않는다.

짱뚱어가 귀엽다며 손뼉을 치는 일행의 얼굴에 가을빛이 물든다. 무리 지은 갈대는 바람이 부는 대로 몸을 맡긴다. 자연과 순응하며 함께 사는 법을 일찌감치 터득함이다. 아래로 흐르는 물은 솟아오를 수 없다. 더러는 그 흐름을 깨려는 사람들이 있어 세상사가 시끄러운 게 아닐까.

여행객이 벤치로 몰려든다. 먼저 온 사람들이 자리를 양보한다. 순천만의 가을은 시간이 더할수록 인산인해다. 아이의 손을 잡고 나들이를 나온 단란한 가족의 모습이 보기 좋다. 희끗한 머리카락을 날리며 황혼의 노부부가 마주보며 웃는다.

계절이 바뀌면 뻘은 숨을 고를 것이다. 갈대는 은빛 꽃을 날리고, 짱뚱어는 뻘 속으로 들어가 따뜻한 겨울을 맞이하리라. 상행선을 달리던 우리들은 굴곡진 순천만 모롱이를 돌아 하행한다. 멀리서 바라보는 개펄은 여행객이 갈대와 어우러져 멋진 풍경을 자아낸다. 누군가 다정히 내 이름을 불러 뒤돌아보니 회원들이 길게 줄지어 서 있다. 앞사람의 어깨를 잡고 있는 모습이 어린 시절의 칙칙폭폭 기차놀이가 떠오른다. 하늘은 구름과 놀고, 바람은 갈대와 사랑에 빠졌다. 사진사 앞에서 포즈를 취하는 일행들의 행복한 웃음소리가 순천만 갈대숲에 울려 퍼진다.

사진 한 장의 추억

휴대폰에 저장된 앨범을 연다. 오래전에 찍었던 벽화 사진 한 장이 눈길을 사로잡는다. 소담스러운 오두막 지붕에 탐스러운 박이 주렁주렁 열렸고 처마 밑에는 잘 다진 메주가 주렁주렁 달려 있다. 쪽마루에 앉은 시루가 콩나물을 한아름 품었다. 찢어진 문풍지 뒤로 두 아이가 해죽해죽 웃는다. 아빠가 보이지 않는다. 아궁이에 불을 지피는 아낙의 모습이 수수하다. 가마솥 두 개가 김을 뿜는다. 한 솥에는 밥을 할 것이다. 또 다른 솥에는 구수한 시래기 된장국이라도 끓이는 것일까.

사진 한 장에 가슴이 따뜻해지는 건 기억 저편에 멀어진 할머니의 추억 때문이리라. 겨울이면 시골집 할머니의 방에는 따뜻한 화롯불이 있었다. 개구쟁이 남동생과 장난을 치다가 문풍지가 찢어졌다. 할머니는 우리에게 주먹으로 꿀밤 한 대씩을 먹이고는 창호지로 바람을 막았다. 할머니는 왔다 갔다 분주하게 저지레만 하는 우리에게 엉덩이를 톡톡 치시며 잘 익은 군밤을 심심찮게 꺼내주셨다.

군불을 지핀 따뜻한 아랫목 이불 속에는 늘 삼촌의 밥그릇이 들어있었다. 이불을 들썩이다가 그것이 넘어져 이불에 밥알이 덕지덕지 붙었다. 할머니께 들킬세라 동생은 문풍지에 구멍을 내어 망을 보고, 나는 이불에 붙은 밥알을 급하게 떼어먹었다. 잠시 후 할머니가 방으로 들어오셨다. 나는 아무 일도 없다는 듯 시침을 뚝 떼고 있었지만, 할머니는 어떻게 아셨는지 또 꿀밤 한 대를 쥐어박았다. 나의 입가에 어설프게 붙은 밥알 하나가 탈이었다.

그날도 삼촌은 집으로 돌아오지 않았다. 할머니의 근심은 이불 속에 묻어둔 그릇의 밥을 비우고 채우면서 깊어졌다. 자식이 객지에서 때를 놓칠세라 매일 따끈한 밥그릇을 아랫목에 묻고, 무사귀환을 마음속으로 빌었던 것이었다. 철없던 그 시절, 자식 걱정에 노심초사하는 할머니의 심정을 헤아리지 못했다.

사진 속 초가집 앞마당에 낙엽이 흩어져 있다. 벽화가

아닌 실물 사진이다. 그냥 두면 운치가 더 있으련만 아낙의 깔끔한 살림 솜씨를 보면 아마도 벽화에서 뛰어 나와 마당을 쓸어낼 것만 같다. 가마솥 뚜껑 사이로 밥물이 흘러내리고 군불이 잦아들면 마당 한편 낙숫물에 말끔히 세수를 하고, 나무 한 짐을 지고 마당으로 들어올 그를 반길 것만 같다.

할머니가 그리워지는 아련한 옛 추억을 만나게 해 준 마미정 동심의 화가를 만나고 싶다. 내 마음은 벌써 사진 속 초가집으로 들어간다. 단발머리 계집아이가 손가락에 침을 살짝 바르고, 문풍지에 구멍을 낸다. 밖에서 이것을 본 할머니가 부지깽이를 들고 달려온다. 여전히 이불 속 밥그릇이 걱정되셨나 보다.

내 이름은 철이

그림처럼 아름다운 화본역
이다. 대합실에 들어가니 빛바랜 사진들이 옛 추억을 불
러 오고, 안내실의 역무원 모자가 정겨움을 더한다. 언제
였던가. 어머니가 사 주신 도시락을 품에 안고 친구들과
완행열차를 탔던 기억이 화본역 레일 위로 어스름 깔린
다.

화본마을에서 운영하는 언덕 위의 추억박물관을 찾았
다. 주민들은 자신의 학창 시절을 떠올리며 폐교된 그곳
에 박물관을 만들었다. 그 시절을 재현한 허름한 복도에
는 추억 속의 정겨운 물건들이 진열되어 있다. 다다미 위
에 걸쳐 놓은 방망이 두 개는 여인들의 답답한 가슴을 풀

어 주는 역할을 하기도 했다. 이불호청을 빨아 풀을 먹이며 고된 시집살이의 스트레스를 두 방망이에 실어 한없이 두드리면 마음의 구김살도 어느 새 사라졌다. 다다미위에 납작 엎드린 이불호청은 호랑이처럼 무서운 시어머니이기도 했고, 옆에서 훈수 뜨는 시누이이기도 했다. 시집살이가 고단할수록 다다미 소리는 더욱 커져 바깥 담장을 넘었다.

아담한 교실에 들어서니 입가에 미소가 번진다. 녹슨 난로 위에는 도시락이 층층이 쌓여 있다. 학창 시절이 달려온다. 교실 난로 위에 도시락을 올려놓는 데에도 순서가 있었다. 완장을 찬 반장과 은근히 갑질 하는 주먹대장의 도시락이 우선이었다. 난로 위의 도시락을 제때 바꾸어 놓지 않은 날은 그들과 누룽지를 과자처럼 나누어 먹기도 했다.

지난날 어머니는 일터로 나가시는 아버지의 도시락에 쌀밥을 소복하게 담고 나서는 솥 안의 밥을 주걱으로 골고루 섞었다. 쌀보다 보리쌀이 많이 섞였던 밥은 식구들이 아침을 들기도 전에 도시락이 먼저 배를 채웠다. 어머니는 밤마다 다음 날 우리들이 들고 갈 도시락 준비로 새벽잠을 설치셨다. 어머니의 고충도 헤아리지 못하고 국물이 흐르는 김치만 넣어 준다고 투정을 부린 적이 한두 번이었던가. 어머닌들 매일 똑같은 반찬을 넣고 싶었을까. 어쩌다가 도시락에 장조림과 계란말이가 들어 있던 날은 아버지의 월급봉투로 어머니의 콧노래가 유난히 큰 날이었다.

난로 옆 앉은뱅이 의자에 앉아본다. 낡은 의자는 삐걱거리며 엉덩이 반쪽만 겨우 걸쳐질 뿐이다. 먼지가 자욱한 도시락 뚜껑을 여니 누군가가 적어 놓은 쪽지 하나가 웃음을 자아낸다.

'영희야 어서 와, 많이 보고 싶었어. 다음에 만나면 화본역에서 기차 타고 놀러 가자.'

'내 이름은 철이' 라는 추신이 가슴을 설레게 한다. 내 어릴 적 친구도 철이가 있었는데.

태胎

　　주말을 맞이하여 아들과 함
께 성주에 있는 세종대왕자 태실을 찾았다. 성주는 생명
문화의 성지로 생명 존중의 정신이 깃들어 있는 태실의
고장이다. 층층계단이 놓인 갓길에는 수많은 노거수들이
멋스럽다.

　세종대왕자 태실은 사면이 탁 트여 풍광 또한 절경이다.
선석산 태봉 정상에 있으며, 세종의 적서 18왕자와 세손
단종의 태실 등 19기가 군집을 이루고 있다. 태실이란 왕
실에 왕자나 공주가 태어났을 때 그 태를 넣어 두던 곳을
말한다.

　세종대왕자 태실은 현재 19기 중 14기는 조성 당시의 모

습을 유지하고 있으나, 세조의 왕위찬탈에 반대한 다섯 왕자의 태실은 연꽃잎이 새겨진 대리석만 남아 있다. 조선 초기 태실 형태로 우리나라에서 왕자 태실이 완전하게 군집을 이룬 곳이다.

조선 초기, 왕실에서는 자손들의 태를 항아리에 담아 전국의 명당에 안치했다. 그 목적은 생명 존중의 사상을 중시하고, 왕권의 안정과 번영을 기원함이었다. 태실 형태를 살펴보면 네모난 기단석은 땅, 연꽃을 새긴 둥근 뚜껑은 하늘, 그 사이 중동석은 인간을 상징했다.

군집 이룬 태실을 감싸 안은 노송 위로 새들이 유유자적이다. 하늘 향해 뻗은 나뭇가지의 기세도 당당하다. 각기 제 이름표를 단 태실은 오랜 세월 비바람에 견딘 흔적이 역력하다. 잊고 있었던 아픈 기억 하나가 머리를 스친다.

나에게 산부인과는 세월이 흐른 지금도 다시 가고 싶지 않은 곳이다. 임신 9개월 째 접어든 어느 날 새벽이었다. 이부자리가 흥건히 젖어 병원으로 실려 갔다. 출산 예정일도 되기 전에 양수가 터진 것이었다. 유도분만을 해야 할 상황이었지만, 의사는 태중의 아기가 너무 작아 유도분만은 태아에게 치명적일 수 있다고 했다. 산모의 뱃속에 하루라도 더 있는 게 태아에게 유리하며 제왕절개도

선뜻 권하지 않았다. 임신 기간 동안 입덧이 심해 거의 먹지도 자지도 못한 것이 태아에게 영향을 미친 듯했다.

병실에서 사흘이 지났다. 입술이 부르트고 온몸이 풍선처럼 부풀었다. 시간이 지날수록 잦아드는 통증에 숨쉬기도 힘들었다. 조금 떨어진 병실 옆자리에도 산모들이 산통을 겪고 있었다. 하지만 그들은 통증이 시작되고 한두 시간이면 거의 분만실로 들어갔다. 사흘이 지나도 아기를 낳지 못하는 나로서는 부럽기만 했다. 나는 언제 아기를 낳을 수 있단 말인가.

통증은 계속되었지만 태아는 나올 기미가 없었다. 간호사가 종종 맥박을 체크하러 왔다. 그녀를 붙잡고 제왕절개를 해 달라고 애원했다. 갑자기 엄마가 보고 싶었다. 엄마는 하나도 아니고 사 남매를 어떻게 낳았단 말인가. 보호자도 만날 수 없는 종합병원 시스템이 원망스러웠다. 이를 악물고 있는데 간호사가 내 손에 뭔가를 쥐어주었다. 남편의 손 편지였다.

"고통을 함께 못 해 미안하오. 조금만 더 참아주시오. 곧 출산을 할 수 있다고 하오."

대기실에서 속을 태우며 기다릴 가족들 생각에 눈물이 핑 돌았다. 살아서 가족들을 볼 수는 있으려나 무서움이 온몸을 엄습했다.

산통이 절정으로 치닫고, 드디어 출산의 기미가 보였다. 마음속으로 건강한 아기를 낳게 해 달라고 빌고 또 빌었다. 그런데 정신이 점점 혼미해지고 기력이 떨어졌다. 난산이었다. 아기는 손에 태를 감고 세상 속으로 힘들게 나왔다. 산모의 혈압이 급속도로 내려가고 있었다. 간호사가 의료진들에게 긴급 상황을 알리는 것 같았다. 그녀의 다급한 목소리가 귓전에서 차츰 멀어져갔다.

정신이 돌아온 것은 몇 시간이 지나서였다. 아기는 예상대로 체중 미달이었고, 인큐베이터에 들어갔다. 담당 의사는 산모 또한 출산 후유증이 심하니 입원을 하라고 했다. 열흘쯤 지나니 몸이 서서히 회복되었다. 처음 아기를 보던 날은 가슴이 뛰었다. 아기와 산모가 무탈함에 감사했다. 신생아실 간호사의 품 안에서 아기가 입술을 오물거렸다. 양수가 빠져나간 태중에서 세상으로 나오기까지 얼마나 힘들었을까.

퇴원하던 날, 아기를 안고 집으로 가는 길은 세상이 달라보였다. 우리는 태에서 서로 분리되었지만 여전히 하나였다.

태실을 뒤로하고 언덕길을 내려온다. 산고 없이 태어난 아기가 어디 있으랴. 사연 없는 태실 또한 없을 것이다. 앞서가는 건장한 아들의 뒷모습을 보니 입가에 미소가 번진다. 2.13kg, 작은 몸으로 태를 감고 태어난 아기가 언제 저만큼 장성했을까. 가까이 다가서서 슬쩍 아들의 팔짱을 낀다. 장마가 끝난 하늘에는 흰 구름이 두둥실 떠 있다.

잊히지 않는 사람

앨범 위에 먼지가 앉았다. 한 장 두 장 넘기다가 눈길을 멈춘다. 단체사진 회원들 중에 고인이 된 사람이 있다. 사진 한 장의 추억 속으로 여행을 떠난다.

10여 년 전, 섬진강 산수유가 필 적에 우리들은 사진을 찍었다. 진달랫빛 옷을 입은 김 여사가 화사하게 웃고 있다. 그녀는 만인의 연인이었다. 이른 아침, 앞산 산불조심 캠페인이 끝나면 대덕식당에서 주머니도 곧잘 열었다. 오랜 세월 열정적인 사회 참여로 아담한 체구에 갸름한 얼굴, 지금은 어느 하늘가에 별이 되었을 그녀의 유머러스한 입담이 그리워진다.

낙엽이 쌓이던 어느 날, 그녀의 부고가 날아들었다. 어제같이 통화했던 그녀가 심장마비로 세상을 떠났다. 임종을 아무도 지키지 못해 안타까움이 더했다. 남편은 농장에서 따로 기거를 했고, 자식들은 출가를 했다.

장례식장에 도착하니 그녀가 국화 속에서 환하게 웃고 있었다. 문상이 끝나고 나오는데 상주가 뒤따라 나왔다. 연세 든 어머니가 홀로 계시니 매일 문안 전화를 드렸는데, 전화를 받지 않아 집으로 가보니 돌아가신 뒤였다고 했다.

살아생전에 그녀의 주위에는 늘 사람들이 북적거렸다. 여성의용소방대에도 활동을 하며 응급환자에게 심폐소생술도 곧잘 했다. 하지만 당신은 심폐소생술 한 번 받아 보지 못하고 세상을 등지고 말았다.

그녀를 보면서 생각이 깊어진다. 어딘가에 나의 사진도 지인들의 앨범 속에 추억으로 기억되리라. 죽어도 죽지 않은 사람은 그들의 마음속에서 잊히지 않는 사람일 게다. 앨범을 넘기지 못하고, 방긋이 웃고 있는 그녀의 얼굴을 어루만진다.

봄이 오면 산수유가 활짝 핀 섬진강에 가고 싶다.

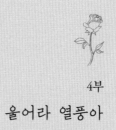

4부

울어라 열풍아

의사와 환자

　　　　　　　　병원이다. 정기적으로 복용
하는 약을 처방받는 날이다. 담당의사는 나의 혈액검사
결과를 보고는 심각한 표정이다. 3개월 전보다 당수치가
조금 상승된 모양이다. 잠시 침묵이 흐르는데 괜스레 의
사 앞에 죄인이라도 된 듯 난감하다.

　의사는 나의 큰 몸을 보더니 하루 식사량을 묻는다. 특
별히 밥을 많이 먹지는 않으나 과일을 좋아하여 더러는
식사 대용으로 귤 한 바가지를 먹는다고 했다. 의사는 이
내 눈이 둥그레지더니 한 바가지면 대충 몇 개를 말하느
냐고 묻는다. 나는 머뭇거리며 여덟 개가량 된다고 했더
니 믿지 않는 눈치다. 또 식사를 할 때 밥의 양을 꼬치꼬치

묻는다. 밥 반 공기에 반찬을 더 먹는 편이라고 했더니 음성이 높아지며 반찬이 칼로리가 더 많다며 식습관부터 고쳐야 된다고 한다.

어디 그것뿐이랴. 약이 많아지면 약값도 만만치 않으며, 장바구니도 무거워진다나 어쩐다나, 걱정이 늘어진다. 내가 할 말을 잃은 건 의사의 하루 식사량을 듣고 난 후이다. 밥은 하루에 한 공기면 족하고, 반찬은 칼로리를 조절하여 섭취하며, 디저트는 커피 한 잔이오, 굳이 귤을 먹을라치면 두 개면 된다는 것이다. 그것이 환자를 다스리려고 하는 말이 아니고 사실이라면, 어디 사람이 먹고 살 수 있는 양이던가.

나는 예사로 보았던 의사의 체격을 찬찬히 눈여겨본다. 깡마른 모습이 바람이라도 불면 옴짝달싹도 못 할 몰골이다. 생각에 잠긴다. 의사의 심기를 거슬리게 한 것은 아마도 귤 한 바가지일 터이다. 의사는 식사 대신 귤을 먹는다는 나의 말은 처음부터 믿지 않는 눈치였고, 나의 큰 몸을 미루어 보면 그가 생각하는 귤 한 바가지는 스무 개는 족히 되었으리라. 귤 몇 개만 먹는다고 했으면 좋았을 것을 왜 바가지 타령을 했던가. 뒤늦은 후회로 가슴을 쳤지만 버스는 이미 떠나고 말았다.

의사가 시큰둥하게 처방을 내린다. 다음 진료 때는 적절

한 식의요법과 운동으로 좋은 결과를 기대한다며 다음에 혈액검사를 할 테니 금식을 하고 오라고 당부한다. 나는 의사의 말에 또 한마디 한다.

"조금 전에도 혈액검사 했는데요. 앞으로 귤 한 바가지 안 먹을게요."

산삼의 분배

친구가 산양삼 선물을 보냈다. 가족이 모인 자리에서 포장을 푼다. 산삼 다섯 뿌리가 가지런히 누워 있다. 반가움도 잠시, 갈등이 생긴다. 산삼은 다섯 뿌리인데 본 사람은 세 사람이다. 어떻게 분배를 해야 할까. 하나만 더 있으면 신경 쓸 것도 없을 텐데 하필이면 다섯 뿌리라 누군가가 산삼 한 뿌리를 포기해야 될 상황이다. 그게 인삼이라면 무슨 걱정이랴. 눈앞에 있는 건 산삼이 아니던가.

웃기는 가족이다. 아들은 떡 줄 사람은 생각도 안 하는데 산삼을 어떻게 먹으면 잘 먹는지 인터넷 검색을 한다.

"어머니, 산삼은 그대로 물에 씻어서 공복에 생식을 하면 제일 좋대요."

옆에서 산삼을 집적거리던 남편은 한술 더 뜬다.

"믹서기에 갈아서 한 잔씩 나누어 마시면 좋겠는데, 그러지도 못하고 이를 어째!"

누구 맘대로 믹서기에 넣는단 말인가.

다음 날 아침이다. 냉장고에 넣어 둔 산삼을 통째로 꺼낸다. 일단 식사 전에 식구대로 한 뿌리씩 먹을 참이다. 그런데 이게 어찌 된 일인가. 뚜껑을 여는 순간 어안이 벙벙하다. 어젯밤 분명히 다섯 뿌리이던 산삼이 세 뿌리밖에 보이지 않는다. 방문을 여니 부자父子가 내 눈치만 자꾸 본다. 그럼 그렇지, 벌써 나 몰래 한 뿌리씩 꿀꺽했나 보다.

산삼을 씻는다. 변죽 좋은 남편이 내게로 다가온다. 나는 묻지도 따지지도 않고 산삼 한 뿌리씩을 나누어 준다. 식사까지 마친 부자가 나란히 출근을 한다. 설거지를 하려는데 휴대폰이 울린다. 남편이다.

"여보! 없어진 산삼 두 뿌리 냉장고 야채 칸에 있으니 공복에 같이 먹어요."

친구가 내게 준 산삼을 왜 자기가 분배를 하는지 모를 일이다. 콧등이 시큰한 기분 좋은 아침이다.

마카 커피

경상도 사람들이 서울 예식장 카페에 갔을 때 벌어진 일이다.

단체 예식에 참석한 경상도 사람들, 뷔페를 먹고 커피 한 잔이 생각났다. 총무는 예정된 버스 시간은 임박하고 개인 성향에 맞게 차를 주문할 형편이 아니었다. 기다리는 시간을 아끼려고 모두 커피를 시켰다. 총무가 큰 소리로 주문을 넣는다.

"여기 여기요! 마카 커피 열 잔 주이소."

주문을 받은 바리스타 아가씨가 고개를 갸우뚱거리며 혼잣말로 중얼거린다.

"마카 커피가 새로 나왔나."

종업원이 다가와 총무에게 마카 커피는 없다고 말한다. 총무는 옆 테이블의 사람들이 마시고 있는 커피를 가리키며

"자가 그거 아입니꺼." 했다. '마카 커피'도 모르는데 '자가 그거'를 알 턱이 만무하다. 보다 못한 회장이 가슴을 치며 아는 척을 하는데

"자가 그고, 가가 가다 아잉교!"

듣고 있던 종업원이 멍하니 어쩔 줄을 모른다. 하기야 마카 커피에 자가 커피, 가가 커피에 가다 커피를 경상도 사람이 아니고는 알 턱이 만무하다. 경상도 사람들은 커피도 한 모금 마시지 못하고 버스 탈 시간이 되고 말았다. 카페를 빠져나오는 그들의 등 뒤로 종업원이 배꼽 인사를 하며,

"안녕히 가십시오. 다음에는 마카 커피 꼭 준비해 놓겠습니다."

계단을 오르던 회장이 헐레벌떡 숨 가쁘게 하는 말,

"마카 커피 됐다 고마!"

종업원은 머리를 긁적이며

"고마 커피도 알아보겠습니다."

회장이 두 주먹으로 가슴을 치며 펄쩍 뛴다.

나도 소화 낭자

전통시장이다. 친구 셋이서 가정에서 편하게 입을 수 있는 생활한복을 사려고 상가를 기웃거린다. 어쩌다 보니 모두 같은 옷을 사고 말았다. 떡본 김에 제사 지낸다고 했던가. 나들이로 토담길이 아름다운 남평 문씨 본리 세거지로 향했다.

문익점 선생의 동상 뒤로 목화밭이 싱그럽다. 접시꽃이 키 재기를 하는 길목을 지나니 소담스런 기와집이 풍미를 더한다. 그 길을 따라 능소화 포토 존에 다다랐다. 이맘때면 사진작가들이 줄을 잇는 곳이다. 먼저 온 어느 모녀가 커플 드레스를 입고 사진 촬영에 여념이 없다. 카메라를 맨 아빠의 입가에 흐뭇한 미소가 떠나지 않는다.

드디어 우리 차례다. 평소에는 목소리도 크고 걸음걸이도 갈지자로 걷던 친구가 사뿐사뿐 꽃길 토담 길로 들어선다. 갑자기 소화 아씨라도 된 것일까. 그 모습이 생경스러워 마주 보며 웃음을 터트린다. 주황의 능소화와 토담이 그녀와 어우러져 환상을 이룬다. 카메라를 잡은 나는 연신 셔터를 누른다.

산들바람이 가랑비를 몰고 온다. 배턴을 넘겨받은 한 친구도 우산을 받쳐 들고 능소화 아래로 들어간다. 렌즈 속에서 하트를 날리는 그녀가 귀엽다. 구중궁궐 소화 아씨가 저만큼 예뻤을까. 찰나의 순간에 꽃잎이 '뚝' 하고 떨어진다. 카메라를 친구에게 건넨다. 나도 능소화가 흐드러진 토담에 몸을 기댄다. 바람에 빗방울 머금은 능소화가 온몸을 바르르 떤다. 우산 위로 꽃잎이 자꾸만 떨어진다.

임금을 사랑한 능소화의 전설이 생각난다. 복숭앗빛 뺨에 자태가 고운 '소화'라는 궁녀가 잠시 임금의 눈에 들어 후궁이 되었지만, 임금은 더 이상 그녀를 찾지 않았다. 소화는 긴 세월 담장을 서성이며 임금을 기다리다가 상사병으로 세상을 떠났는데, 이듬해 그녀가 거처했던 담장 아래 주홍빛 꽃이 넝쿨을 이루며 피었다는 설화이다.

비는 내리는데 여전히 사진을 찍으려는 사람들이 몰려

든다. 비가 오면 오는 대로 우산도 풍경이 되고, 바람이 불면 부는 대로 팔랑이는 여인의 치맛자락도 그림이 되는 능소화 토담길이다. 떨어진 꽃잎이 빗길에 흥건하다. 우산도 없이 한 연인이 뛰어든다. 젊음 그 자체만으로도 아름다운 모습이다. 그들이 나에게 사진을 찍어 달라고 휴대폰을 내민다.

하나 둘을 세기도 전에 여자가 남자의 품에 안긴다. 토담 위의 고개 떨군 능소화가 부러운 듯 내려다본다. 남자가 슬그머니 꽃을 어루만진다. 꽃만 보는 남자에게 여자가 앙탈을 부린다. 여자의 질투는 예전이나 지금이나 변함이 없는 모양이다.

비는 어느새 그치고, 토담 꽃길 아래 나도 소화라고 나들이객들이 북새통을 이룬다. 같은 옷을 입은 우리에게 사람들의 시선이 몰린다. 우리들은 토담을 벗어난다. 나는 연꽃 길을 앞서가는 친구에게 그 시절 구성진 임금의 음성으로 장난을 친다.

"소화 낭자, 뒤태도 아름답소이다."

쌍바윗골의 비명

몇 해 전 나는 식당 안으로 들어서자마자 생리현상으로 급하게 화장실을 찾았다. 하필이면 남녀 공용 화장실이었다. 마침 아무도 보이지 않았다. 볼일을 보려고 양변기에 앉는데 나도 모르게 쌍바윗골에서 비명이 터져 나왔다. 천둥 같은 그 소리에 자신도 놀라 할 말을 잊었다. 그런데 놀란 사람은 나만이 아니었다. 들어올 때 인기척이 없어 아무도 없는 줄 알았다. 아니었다. 앞 칸 화장실에서 남자가 볼일을 보고 있었던가 보았다.

"아이고! 아닌 밤중에 웬 천둥소린고! 변기는 무탈한지요."

그 소리에 또 한 번 놀란 나는 부끄러움도 모르고,

"깜짝이야! 쌍바윗골의 비명이오."

천연덕스럽게 대꾸를 했다. 놀라서 순간적으로 나온 말이었지만 밖으로 얼굴을 들고 나갈 일이 걱정이었다. 남자가 먼저 나가기를 이제나 저제나 기다리고 있는데 기척이 없었다. 쿵쾅대는 가슴은 진정되지 않았고, 몇 분이 몇 시간인 듯 지루했다. 어쩌면 남자도 내가 먼저 나가주기를 바라고 있는지도 모를 일이었다.

나는 용기를 내어 화장실 문고리를 잡았다. 도둑질을 한들 가슴이 이보다 더 방망이질할까. 살금살금 화장실을 빠져나오는데 언제 나왔는지 중년의 남자가 화장실 입구에서 빙그레 웃고 있었다. 손바닥이 얼굴보다 작다는 게 원망스러웠다. 식당 안에는 불편한 내 마음을 아는지 모르는지 잔잔한 클래식 음악이 흐르고 있었다.

식당에 들어간다. 식사 주문을 먼저 하고 화장실을 찾는다. 여성 전용 화장실에 사람들이 북적인다. 양변기에 조심스럽게 앉는다. 뒤편 화장실 어디선가 쌍바윗골의 비명이 들려온다. 내가 뀐 것도 아닌데 주책없이 가슴이 벌렁거린다. 문을 열고 당당하게 밖으로 나온다. 그런데 여자들이 내 얼굴을 자꾸만 쳐다본다.

너도 그렇다

　　　　　남편과 국민 드라마 〈전원
일기〉를 본다. 볼 때마다 느끼는 것이지만 일용 엄니의 연
기는 극중의 백미다. 효자 일용은 어쩌다가 그런 실수를
했을까. 고기반찬 즐기는 엄니만 쏙 빼놓고 가족 셋이 몰
래 읍내에서 불고기를 포식했다. 할머니 사랑을 한 몸에
받던 복길이가 일을 저지르고 말았다.

"할머니 우리 정말로 고기 먹지 않았어요."

일용 엄니 눈꼬리가 심상치 않다. 며느리가 밥상을 들고
방으로 들어온다. 그날따라 반찬이 염소가 풀밭에서 놀고
갈 판이다. 시래기 된장국에 상추 한 바가지, 흔한 김치 한
종지가 고작이다. 참고 있던 일용 엄니가 심통을 부린다.

숟가락으로 밥상을 탁 치더니만,

"너거 엄마는 참 이상하다. 몸만 크다고 시집을 보낸다
더냐. 어느 집 며느리는 김치 하나로도 찌지고, 볶고 몇 가
지 반찬을 만든다더라."

일용 엄니의 '몸만 크다'란 말에 우리는 웃음을 터트린
다. 웃고만 말았으면 좋았을 것을, 남편의 시선이 갑자기
몸 큰 나에게로 쏠린다. 슬쩍 보고 빨리 제자리로 돌아갔
으면 누가 뭐라고 하겠는가. 봐도 너무 오래 보았다. 그 눈
길의 의미를 꼭 말로 해야 알까.

'너도 그렇다.'

그대로 넘어갈 내가 아니다. 일용 엄니 버전으로

"너거 엄마는 참 이상하다. 거시기만 크다고 장가를 보
낸다더냐. 어느 집 남편은 시도 때도 없이 사랑해 준다더
라."

직타를 맞은 남편이 박장대소를 한다. 도둑이 제 발 저
리다고 했던가. 오래 볼 때는 보지 않고 덜 봐야 할 때 오
래 본 남편이 슬그머니 일어나 줄행랑을 친다.

겨울 아이

　　　　　　수변공원이다. 멀리 호수에
잠긴 아파트 불빛이 아름답다. 즐비하게 늘어선 겨울나무
가 전선을 칭칭 감고 있다. 봄에는 꽃을 피우고, 여름에도
무성한 잎새로 풍성했던 나무들, 단풍 옷 벗고서도 아직
할 일이 남았던가.

　언제부턴가 사람들은 야경 불빛을 즐기기 위해 나무에
꼬마전구를 달았다. 헤아릴 수도 없는 수많은 전구가 가
지마다 조롱조롱 매달려 밤마다 불야성을 이룬다. 사람이
든 식물이든 휴식시간이 필요하지 않던가. 숨 쉬는 나무
에 설치된 조명 불빛은 나무에 스트레스를 주고, 산소 저
장량을 떨어뜨린다. 나무의 건강을 위해서는 야간조명 노

출 시간을 6시간 이내로 줄여야 한다는 연구 결과를 본 적이 있다.

동네에는 자녀의 교육에 유별난 혜미 엄마가 있다. 혜미 엄마는 아이가 학과수업을 마치고 집으로 돌아오기가 무섭게 학원 몇 군데를 보낸다. 초등학생인 혜미는 커다란 눈이 참 이쁜 아이다. 어느 날, 우연히 아파트 복도에서 만난 혜미 엄마는 딸이 피아노와 미술에 소질을 보여 학원에 보낸다고 했다.

어느 추운 날 밤이다. 혜미가 학원에 가기 싫다고 복도에 주저앉아 울고 있다. 아이의 충혈된 눈동자와 튼 입술이 마음을 짠하게 했다. 엄마의 선택으로 이루어진 지나친 과외가 내 자식 스펙 쌓기에 급급한 욕심은 아닐까 생각해 본다. 내 아이만은 낮에도 밤에도 반짝반짝 빛나야 된다고 생각하는 일부 엄마들의 이기심이 아이가 스스로 꿈을 가지기도 전에 그 희망마저 빼앗아 버리는 것인지도 모를 일이다.

수변가에 바람이 매섭다. 겨울나무가 파르르 떤다. 나무를 둘러싼 불빛 조명은 화려하건만 전선으로 휘감긴 나무는 그다지 좋아 보이지 않는다. 바람 불던 날, 복도에서 쪼

그리고 앉아 울던 겨울 아이는 지금은 어떻게 지내고 있을까. 바람에 흔들리는 나뭇가지가 나지막하게 속삭이는 듯하다.

'그 누가 나에게 불빛 조명을 달아줄까, 물어나 보았어?'

낚시는 아무나 하나

　　　　　　　　　　나는 남편이 낚싯대를 드리
울 때마다 낚시는 아무나 하는 게 아니라고 핀잔을 준다.
낚시터에서 십중팔구는 빈손으로 집에 돌아오기 때문이
다. 무엇이 문제길래 피라미까지 남편을 무시하는지 궁금
하다. 일손을 멈추고 낚시터로 동행을 한다.

　팔공산으로 들어간다. 입구에 송림못이 우리를 반긴다.
파라솔을 펼친 낚시꾼들이 미동도 하지 않고 목석처럼 앉
아있다. 어디선가 아름다운 음악이 흐른다. 간간이 입질
하는 낚싯대의 방울소리도 들려온다. 풀숲을 헤치고 편편
한 못가에 자리를 잡는다. 남편은 벌써 밑밥을 끼우고 낚
싯대를 던진다. 폼이 제법이다. 나도 바늘에 미끼를 끼운

다. 떡밥에 욕심이 잔뜩 묻었다. 세상사 떡밥에 욕심이 많은 사람들은 물고기에게 배워야 한다. 물고기는 떡밥이 크다고 아무거나 덥석 물지 않는다.

어지럽던 마음도 낚시터에서 안정을 되찾는다. 무거운 머리를 비우기에는 낚시가 제격이다. 낚싯대를 드리우고 앉아 있으면 온갖 잡념이 사라진다. 그 와중에 눈 먼 고기라도 걸려들면 짜릿한 손맛까지 볼 수 있으니 일석이조가 아니겠는가.

기다려도 낚싯대에 기별이 없다. 자리를 옮겨본다. 몇 분이 지났을까. 드디어 걸려들었다. 대를 잡은 손에 제법 무게가 실린다. 팽팽한 낚싯줄이 끊어질까 두렵다. 밀고 당기며 어쩔 줄을 모른다.

남편이 달려온다. 피라미도 한 마리 못 잡은 주제에 그래도 고수라고 훈계를 한다. 수면 위로 떠올린 고기는 월척이다. 날아갈 듯 환호성을 지른다. 쏘가리와 닮았다. 낚시꾼들이 하나둘 몰려든다. 하지만 가까이에서 본 그것은 점잖지 못하게 입이 너무 크다. 민물 토종물고기의 천적인 배스다.

고기를 못 잡은 남편과 그것을 잡은 내가 다를 것이 무엇이랴. 실속 없는 건 매 마찬가지다. 배스는 낚시꾼들이 좋아하는 어종이 아니다. 튀김용으로 더러 먹기는 하나

별로 인기가 없다. 그렇다고 천적을 물에 놓아 줄 수도 없다. 머리가 복잡하다. 겉보기만 번지르르한 배스, 이러지도 저러지도 못하는 꼴이라니. 민물고기의 천적은 지정된 관할에 신고를 하도록 되어있다. 옆에서 남편이 자꾸만 알짱거린다.

"잡으면 뭐 하노! 먹지도 못하고, 마음대로 버리지도 못하는 거."

비웃는 남편을 한 대 패 주고 싶다. 낚싯대를 철수한다. 이 골통을 어이할꼬!

멀리 가로수 길에 연등이 줄을 잇는다. 사월 초파일이 얼마 남지 않았다. 배스가 살려달라고 팔딱인다. 자기도 천적으로 태어나고 싶었을까. 낚시꾼에게 잡혀서 먹힌다 해도 환호 받는 쏘가리로 태어나고 싶었을 터이다. 남편이 밉상스럽게 또 부아를 지른다.

"그놈 놓아 주면 경찰이 당신 잡아 간데이~."

큰 놈을 잡았다

새벽잠에서 깨어나 보니 남편이 보이지 않는다. 휴대폰을 하니 낚시터에 있다고 한다. 몇 시간이 지났을까. 그가 현관으로 들어서며 분주하게 나를 부른다. 메기를 잡은 것이다. 그것도 50㎝가 넘는 아주 큰 놈이다.

대야 속의 메기가 죽은 듯이 기척이 없다. 갑자기 놀이터가 바뀌었으니 녀석도 신변의 위협을 느꼈으리라. 손으로 집적대니 그제야 꿈틀거린다. 넙죽한 입가에 수염도 제법 길다. 성질 급한 그는 아침부터 매운탕을 끓이겠다고 칼과 도마를 챙긴다. 나는 슬머시 그의 팔을 잡아당긴다.

"내일 합시다."

다음 날 아침이다. 메기의 생사가 궁금하다. 밤새 죽은 줄만 알았던 메기가 살아 있다. 반가운 마음에 물을 갈아 준다. 메기도 고맙다는 듯 꼬리를 살랑인다. 하루 사이에 정이라도 든 것일까. 수족관이라도 있으면 키우고 싶다. 메기는 대야 속에서 얼마나 살 수 있을까. 녀석의 운명이 바람 앞에 등불이다. 좁은 대야에서 힘들게 산다고 해도 결국은 그의 손에 잡힐 것이다.

잠시 외출을 한다. 대야 속의 메기가 자꾸만 눈앞에 어른거린다. 아무래도 안 되겠다. 녀석을 강물이 넘실대는 고향으로 보내 주리라. 집으로 돌아가는 발걸음이 빨라진다. 제발 살아만 있어라. 자꾸만 마음이 초조해진다.

집으로 돌아오니 그가 주방에서 무언가를 하고 있다. 불길한 예감에 메기를 찾았다. 아니나 다를까. 대야 속 메기가 보이지 않는다. 남편을 노려본다. 큰 놈을 두 번씩이나 잡다니! 정나미가 뚝 떨어진다. 설렁한 빈 대야를 쳐다보며 혼잣말로 중얼거린다.

"인정사정도 없는 사람! 매운탕이 그리 좋은가."

쫌

       '쫌'은 '조금'의 경상도와 전라도 방언이다. 나는 가끔씩 사투리를 쓰는 경향이 있다. 그것이 어떨 땐 정감을 더한다.

  부자父子가 화장실 변기 사용이 소홀하다. 툭하면 오줌을 정조준 못 하고, 주위에 한두 방울씩 흘린다. 지네들은 서서 볼일을 보니 불쾌한 나의 마음을 잘 모른다. 이제 잔소리 길게 하기도 이골이 났다. 화장실을 나오며 나란히 앉아 있는 부자를 노려보며,

  "쫌!"

  남편은 버릇이 하나 있다. TV를 보지도 않으면서 집에만 들어오면 리모컨을 든다. 하루는 리모컨을 내 품속에

감추어 두었다. 역시나 퇴근을 하고 들어오더니 그것부터 찾는다. TV를 켜서 시청을 하면 그 누가 말리랴. 욕실에 들어가 샤워를 하고, 급기야는 컴퓨터 앞에서 딴청을 부리기 일쑤다. 그는 똥 마려운 강아지처럼 리모컨이 없다며 이리저리 왔다 갔다 난리다. 아무리 찾아 봐라. 그게 있을 리 만무하다.

남편은 시침을 뚝 떼고 있는 나더러 찾아달라고 아이처럼 보챈다. 식사 준비를 하는데 어쩌다가 리모컨이 옷 속에서 툭 하고 떨어진다. 남편이 금덩이라도 발견한 듯 쪼르르 달려온다. 두말이 필요하랴! 벙글거리며 TV에 갖다 대고 기분 좋게 리모컨을 쏜다. 욕실로 들어가는 그의 뒤통수에 대고,

"그만 쫌, 쫌!"

오랜 절친 중에 대화를 할 때마다 옆구리를 찌르고, 어깨를 툭툭 치는 친구가 있다. 장거리 여행이 있는 어느 날, 그녀가 운전하는 조수석에 앉게 되었다. 그녀는 운전대를 잡고서도 손버릇은 여전하다. 한 손으로 핸들을 잡고 말하면서 어깨를 자꾸 친다. 차를 탔으니 어디 도망가지도 못한다. 그날따라 코로나 백신을 맞은 터라 어깻죽지가 부어 있었다. 어깨를 부여잡고 그녀에게 통사정을 한다.

"제발 쫌, 쫌, 쪼오옴!"

울어라 열풍아

밤이 새도록 제9호 태풍 '마이삭'이 창문을 흔든다. 그 소리에 잠 못 들고 까만 밤을 하얗게 지새운다. 몰아치는 바람결에 아버지의 노랫소리가 들려오는 듯하다. '울어라 열풍아 밤이 새도록~.'

생전에 아버지는 무명 가수였다. 마을에 행사라도 있는 날이면 곧잘 무대에 서곤 했다. 평평한 나무로 만든 나지막한 무대에서 눈을 지그시 감고 이미자의 〈울어라 열풍아〉를 멋지게 불러 젖히면 연신 앙코르가 터지곤 했다. 훤칠한 키에 조각처럼 잘생긴 얼굴로 뭇 여인들의 가슴을 설레게도 했다. 나는 어린 나이에도 늘 궁금했다. 그리 예쁘지도 잘나지도 않은 어머니가 저렇게 멋진 아버지를 어떻게 만났는지. 그러고 보면 부부 인연은 참 묘한 데가 있는 것 같다. 할머니 말씀을 빌리자면 아버지가 어머니를 더 사랑했다니 말이다. 아마도 어머니의 반듯한 품성에 반하셨나 보다.

바람이 갈수록 거세진다. 창문도 깨어질 듯 심하게 울어댄다. 이불 속에서 뒤척이다가 벌떡 일어나 정물처럼 어둠 속에 앉아 있다. 남양공원 아버지의 묘역에도 태풍이 지나겠지. 묘소 앞에 꽂아둔 백합도 초목도 무탈했으면 좋겠다. 바람이 멎으면 생전에 좋아하시던 국화 한 다발 안고 아버지를 만나고 싶다.

어수선한 2020년은 역사에 길이 남을 것이다. 이제 세상은 바이러스와의 전쟁이 시작되었다고 해도 과언이 아닐 것이다. 코로나19로도 부족하여 물 폭탄 장마와 잦은 태풍은 주거지를 침범하고 산야를 쑥대밭으로 만들었다. 마스크가 필요치 않았던 청정했던 그 시절이 언제였던가.

태풍이 몰고 온 아버지의 영상이 아직도 창밖에서 운다. 흐르는 세월 속에 당신의 모습마저 희미하다. 수첩 속에 고이 묻어둔 빛바랜 흑백 사진을 꺼낸다. 아버지! 그립고 보고 싶다. 아버지의 푸른 시절 〈울어라 열풍아〉를 다시 한번 듣고 싶다.

바람은 여전히 창가에서 울어댄다.

똥배 타령

　　　　　　　　너무 예뻐서, 무척 날씬해서
얄미운 친구가 있다. 식당에서 동태탕을 시켰다. 국그릇
이 아예 양푼이다. 소식을 하는 친구 말 좀 들어보시라.

"동태탕 양푼이에 목욕해도 되겠네."

그녀는 빈 그릇에 동태 한 토막을 건져놓고 육수 일부를
붓는다. 나는 어느새 동태탕을 싹 비우고 친구의 양푼이
까지 곁눈질한다. 반도 먹지 않은 그녀가,

"아이고 배 불러라. 이 배를 어찌할꼬!"

동태 한 토막 먹고 배부르면 양푼이째 다 먹은 사람은
배 터져 죽겠다. 재수 없는 친구다. 나도 얼굴로 치면 그녀
에게 빠지지 않는 여자인데 그녀의 국그릇까지 탐할 수는

없지 않은가. 식사가 끝나고 자리에서 일어선다. 그녀는 자신의 배를 쓰다듬으며 똥배 타령까지 한다. 아무리 둘러보아도 똥배가 어디 있는지 알 수가 없다. 가만히 보고 있을 내가 아니다.

"번데기 앞에서 주름잡네."

두고 온 그녀의 양푼이 동태탕이 못내 아쉽다.

5부

너도바람꽃

중복

　나는 언니가 없다. 어머니께
지금이라도 언니를 낳아주면 안 되겠느냐고 황당한 말을
한 적이 있다. 천지가 개벽을 해도 되지 않을 일이다. 언니
가 꼭 핏줄이어야만 할까. 더러는 핏줄보다도 진한 인연
도 있지 않은가.
　외출에서 돌아와 초저녁까지 잠을 잤다. 일어나 휴대폰
을 열어보니 문자가 여러 개다. 이웃집 언니도 집에 잠시
들렀다가 가라고 했는데 시간이 꽤 지났다. 전화를 해보
니 오라고 한다. 현관에 들어서니 음식 냄새가 시장기를
부추긴다. 웬 삼계탕이냐고 물으니 오늘이 중복이란다.
바쁜 일정에 쫓아다니다 보니 세월이 가는 것도 잊었다.

수저를 드는데 코끝이 찡해온다. 그릇을 비우고 나니 시원한 수박화채를 내어준다.

"어머니 병수발에 고생이 많지? 그래도 자기 건강도 챙겨야지!"

정다운 한마디에 울컥하여 수박이 입 안에서 뱅뱅 돈다. 언젠가 그녀에게 어머니가 편찮다며 걱정을 늘어놓은 적이 있다. 오래전의 일이었는데 만날 때마다 안부를 묻는다. 마음에 없으면 할 수 없는 말이다.

함께 손뼉치지 않는 인간관계는 오래 가지 못한다. 서로 마음이 우선되어야 그 길에 잡초가 자라지 않는다. 표현하지 않는 인간관계는 무용지물이다. 잘하면 손뼉을 쳐주고, 속으로 꿍하니 넣어둘 일이 아니다. 인간관계도 불협화음이 생기지 않으려면 제때 풀어야 하는 시효가 있다. 주위에 진실한 동반자가 있음은 축복받은 일이다.

그녀와 여행을 갔다. 기차에 나란히 앉아서 풍경에 빠져들었다. 언니는 남편과 사별한 지 얼마 되지 않았다. 앞으로 살아갈 세월이 막막한지 더러는 나에게 속 깊은 얘기도 한다. 기차가 간이역 플랫폼에 멈추었다. 그녀는 주택이전 문제로 나에게 의논을 했다. 본인은 주택 소유 기간이 짧아 당장은 계약이 어렵고, 미리 봐 둔 아파트는 눈에 심심하여 잠이 오지 않는단다. 지인의 명의를 빌려 계약을 하고, 기다려 볼까도 생각 중이라고 했다. 나는 그건 위험한 일이라고 만류했다. 사람의 일이란 게 어디 뜻대로만 되는 일이던가. 전 재산을 남의 명의로 한다는 건 불상사가 일어났을 때 난처한 일이 아닐 수 없다. 때로는 사람이 거짓말을 하는 게 아니라 피치 못할 환경이 사람을 배신하기 때문이다.

목적지에 다다랐다. 시원한 바닷가를 거닐었다. 언니가 내 손을 잡았다.

"동생, 기차 안에서 나눈 얘기 고마웠어."

두 발을 감싸는 백사장이 포근했다.

삼계탕 그릇이 식어간다. 그녀가 또 복숭아를 깎는다. 커피를 나누며 음악을 듣는다. 살며시 눈을 감는다. 창밖의 매미 소리가 자지러진다.

고구마

　　　　　　　　　　햇볕이 따스한 봄날, 친구와 고구마를 심었다. 집과 동떨어진 농장이라 자주 가지 못했다. 주인 발자국 소리도 듣지 못한 농작물이 잘될 리가 있을까. 뙤약볕이 작열하는 여름 한나절, 처음이자 마지막으로 잡초와의 전쟁을 했다.

　고구마를 심었다는 기억도 희미해질 무렵, 수확의 계절이 다가왔다. 친구가 하는 말이,

　"시장에 햇고구마가 나왔더라. 우리도 고구마 캐러 가자."

　그다음에 하는 말이 더 가관이다. 고구마를 담을 커다란 박스까지 준비하라니 염치가 없어도 보통 없는 게 아니

다. 심어 놓고 돌보지도 않았으면서 박스씩이나! 김칫국부터 마신다고 고구마도 땅속에서 웃겠다.

농장은 여전히 잡초로 무성하다. 우리는 낑낑거리며 웃자란 잡초부터 뽑아낸다. 얼기설기 뒤엉킨 풀뿌리가 딸려 나온 고구마보다도 크다. 고구마에게 가야 할 자양분을 잡초가 흡수해 버린 탓일까. 고구마가 튼실하지 못하다. 어쩌다가 주먹만 한 고구마가 보일 뿐 손가락처럼 길쭉하니 볼품이 없다. 뿌린 만큼 거둔다는 만고불변의 진리에 가슴을 친다.

친구가 농장에서 갓 수확한 고구마를 삶는다. 못생겼으면 어떠랴. 맛만 있으면 될 것이다. 게으른 농사꾼은 기대도 하면 안 된다. 여태껏 먹어 본 고구마 중에서 이처럼 맛없는 고구마는 생전 처음이다. 달지도 고소하지도 않은 고구마가 고랑에 널브러져 있다. 고구마를 맛본 친구가 급기야는 호미를 던져버린다. 맛도 없는 고구마를 더 이상 캘 이유가 없어진 것이다. 이리저리 흩어진 고구마를 주섬주섬 담아서 집으로 돌아온다.

고구마가 다용도실에 들어간 지 보름이 지났다. 불현듯 지인의 말이 떠오른다. 고구마도 수확하고 나서 숙성기간이 필요하다고 했던가. 반신반의하면서 고구마를 꺼내 삶는다. 큰 기대 없이 김이 채 가시지도 않은 고구마를 맛본다. 어찌된 일인가. 농장에서 먹어 본 그 맛이 아니다. 달짝지근하다. 친구는 고구마를 어떻게 했을까. 맛없는 고구마를 아직까지 끌어안고 있을 리 만무하다. 그녀에게 전화를 한다. 역시 못생기기까지 한 고구마는 그녀 곁에서 오래 머물지 못했다. 전화를 끊고 혼잣말로 중얼거린다.

'조금 끌어안고 있어나 볼 일이지. 사람이든 식품이든 숙성기간이 있거늘.'

묵은지

　　　　　　　오늘따라 시큼한 김치찌개
가 먹고 싶다. 김치찌개는 모름지기 묵은지로 돼지고기
송송 썰어 넣고 청양고추도 다문다문 넣어야 얼큰하게 제
맛이 난다.

　햇김치가 제 아무리 때깔이 좋아도 묵은지의 깊은 맛은
낼 수가 없다. 겨울이 끝나갈 무렵이면 여태껏 잘 먹던 묵
은지가 괄시를 받는다. 부추와 봄동을 섞어 겉절이처럼
무친, 김치랄 것도 없는 그것이 묵은지 앞에서 '나도 김치
네' 하며 얼굴을 내밀면 곰삭은 묵은지는 자기 세상이 끝
난 듯 한 발 뒤로 물러난다. 하지만 나는 묵은지를 더 좋아
한다. 비 오는 날 김치전을 구워도 좋고, 입맛이 없을 때는

양념을 씻어내고 따끈한 밥에 보쌈을 해도 좋다. 냉장고에 묵은지가 떨어지면 왠지 허전하다.

올해는 묵은지가 일찍 떨어졌다. 마침 친구가 묵은지 한 통을 보냈다. 찬거리가 없어도 냉장고가 그득하다. 나에게는 햇김치같이 계절에 따라 다양한 맛을 내는 친구가 있고, 묵은지처럼 변함없는 친구가 있다. 햇김치 같은 친구는 상황에 따라 마음도 행동도 이랬다저랬다 곧잘 바뀐다. 나는 묵은지같이 무던하고 진득한 사람이 좋다. 더러는 봄동 햇김치가 나의 입맛을 자극할 때도 있지만 고작해야 두어 번이다.

창가에 어둠이 내린다. 식사 준비를 한다. 묵은지 한 포기가 도마 위에 올랐다. 입 안에 침이 고인다. 적당하게 썰어서 김치찌개를 한다. 돼지고기와 두부가 잘 어우러진다. 김이 오르며 냄비뚜껑이 요란하다. 친구에게 전화를 한다.

"친구야 묵은지로 김치찌개 했다. 그 맛이 진국이네."

친구가 하는 말,

"햇김치보다 깊은 맛은 있을 거야."

밥솥에서 김이 모락모락 오른다. 찌개를 식탁 위에 올린다. 그 익숙한 맛에 시장기가 확 밀려온다.

장미꽃 한 송이

　　　　　　　　새벽부터 비보가 휴대폰 문
자로 날아든다. 오랜 세월 지역을 위해 활동하신 어르신
이 지병으로 고인이 되었다니 허전한 마음을 금할 길 없
다.
　서둘러 도착한 장례식장은 조문객들로 분주하다. 장내
에는 각 단체에서 보낸 근조화환이 줄을 잇는다. 몇 해 전
이었던가. 고인과 문상을 간 적이 있었다. 세상을 등진 사
람은 평범한 사람이 아니었다. 수많은 근조화환들이 그가
살아 온 행적을 말해주는 듯 했다. 조문을 마친 고인은 부
러운 눈빛으로 화환에 부착된 문구를 일일이 살펴보시고
는 뜬금없이,

"내 장례식에는 화환이 얼마나 들어올까. 자네는 국화 한 송이 들고 올 수 있겠나?"

두 손을 뒷짐 진 고인의 모습이 눈에 선하다.

영전 앞에서 자세를 가다듬고 절을 한다. 고개를 드니 국화 속에서 고인이 환하게 웃고 있다. 생전의 어르신은 정이 많으신 분이었다. 이웃을 내 몸처럼 아끼고 사랑했다. 술잔을 기울이던 조문객들도 지역의 큰 별이 떨어졌다고 상심한다. 시간이 갈수록 화환은 자꾸만 늘어나 더 이상 진열할 곳이 없다. 동네 주민자치위원회에서 온 근조화환이 앞자리에서 눈길을 잡는다.

어르신은 동네 자치위원회 고문이기도 했다. 그 시절, 함께 활동을 하던 때가 그리워진다. 주민센터에서 회의가 끝나면 식당으로 이동하여 식사를 하는 날도 많았다. 자치위원회는 주로 각동의 단체장들이 당연직으로 가입을 하고, 지역발전에 힘이 되고자 하는 동민들로 이루어진다. 소속된 사업가나 재력가들은 동네 발전기금을 기부하기도 한다. 당시, 우리 동네는 자치위원으로 남성이 30여 명이었고, 여성은 부녀회장을 맡은 나밖에 없었다. 짓궂은 남성 위원들이 내게 수고가 많다고 술잔을 권할 때마다 어르신은 멀리서 지켜보다가 손을 높이 휘저으며,

"거! 부녀회장 술 너무 권하지 마세요. 내일 동네 행사도

준비해야 되는데 무슨 술을 돌아가면서 줍니까?"

하기야 한 사람이 한 잔씩만 건네도 30잔이니 어르신은 내가 과음으로 건강을 해칠까 봐 우려가 되어 하신 말씀이었을 것이다. 짓궂은 위원들은 고문의 눈치를 살피다가 마지못해 따르던 술병을 놓고 제자리로 돌아갔다. 어르신은 동네에 큰일이 있을 때마다 그림자처럼 나를 따라다니며 행사를 원활하게 치룰 수 있도록 도와주셨다. 때로는 근엄한 모습과는 달리 귀여운 구석도 없지 않았다.

가을비가 부슬부슬 내리던 어느 날이었다. 휴대폰에서 들리는 어르신의 음성이 다급했다. 횡단보도를 건너다가 갑자기 지갑을 날치기당했다고 하셨다. 찾을 수 있을지는 모르겠지만 일단 신고부터 하시라고 했더니 그렇게 할 것까지는 없다는 것이었다. 그것은 지갑을 훔쳐 간 사람이 젊은 여자로 너무 예쁘기도 하거니와 지갑에는 땡전 한 푼도 없으니 굳이 신고해야 될 이유가 없다고 했다.

하기야 집으로 돌아오는 길이었다면 돈이 남아 있을 리 없었을 것이다. 늘 노점에 쪼그리고 앉은 할머니에게 과일을 사서 미화원을 위로하셨고, 경로당을 지나칠 때마다 주머니를 털어 간식 한 보따리를 사셨으니 빈 지갑인 것은 당연한 일이었다. 나는 황당하여 한참을 웃었더니 귀엽게 한마디 하셨다.

"그래도 찾아서 혼내줄까?"

가슴이 답답하여 밖으로 나오니 근조화환을 어깨에 멘 남자가 끙끙대며 장례식장 입구로 또 들어간다. 그 뒤로 단체 문상객이 우르르 몰려든다. 옛말에 정승의 집에 말이 죽으면 인산인해를 이루던 사람들이 정작 정승이 죽으면 한 명도 오지 않는다는 속담이 있다. 그 말이 무색할 만큼 장례식장은 가족친지는 물론이고, 많은 지인들이 오고 간다. 고인은 평생을 남에게 잘 보이려고 아부나 거짓을 행하지 않으셨다. 이웃을 마음으로 사랑하고 함께 걸어오셨으니 어쩌면 이 시대의 진정한 정승이 아니겠는가.

"고문님, 반평생을 어렵고 외로운 사람들에게 양지가 되어 주셨습니다. 화환이 문전성시를 이루고 있습니다. 언젠가 지인의 상가에서 진열된 화환을 보시며 많이도 부러워하셨지요. 여기 이 많은 화환을 보십시오. 베풂의 삶이 헛되지 않았습니다."

집으로 돌아오는 길에는 5월의 줄장미가 눈부시게 아름답다.

밤새 잠을 설치고, 고인의 발인식에 참석했다. 마침 어버이날이다. 생전의 고인은 나에게는 어버이와 같은 분이셨다. 지난날, 내 장례식에 국화 한 송이 들고 오라던 어르신의 음성이 귓가에 쟁쟁하다. 간단한 의식이 끝나자 영구차가 서서히 장례식장을 벗어난다. 나는 고개를 숙이고 어르신께 마지막 인사를 고한다.

"고문님, 잘 가십시오. 생전에 받은 사랑 잊지 않고 주위를 돌아보며 살겠습니다."

영구차는 어느새 나의 시야를 벗어난다. 눈시울이 젖어온다. 끝내 전하지 못한 장미꽃 한 송이를 가슴에 묻는다.

군밤 타령

　　골목 어귀에 군밤장수가 오
가는 사람들에게 시식이라며 밤을 나누어 준다. 밤 한 알
을 입에 넣고 집으로 오다가 그 고소한 맛에 반하여 다시
발길을 돌린다.

　　"군밤 한 봉지 주세요."

　　군밤의 온기가 주머니 속에서 유년 시절을 불러온다. 화
롯가에서 군밤 타령을 불러 주시던 할머니의 모습이 아련
하게 떠오른다. 문풍지가 사납게 울어대던 겨울밤이면 할
머니는 밤을 화로에 묻기 전에 밤 가장자리에 살짝 칼집
을 내셨다. 그때는 멀쩡한 밤에 칼집을 왜 내는지 이해를
못했다. 틈새를 주지 않고 밤을 재 속에 묻으면 열의 압력

을 견디지 못해 터지고 만다. 그 여파로 온 방바닥에 재가 날리고, 불티로 바닥이 탈 수도 있다. 모든 소멸되는 사물은 숨 쉬는 구멍이 있어야 오롯이 제대로 익어 간다는 것, 지천명이 넘어서야 그 뜻을 헤아려 본다.

나에게 문학은 엉킨 속을 풀어내는 숨구멍이라 해도 과언은 아니다. 글쓰기로 속을 풀어내기 전에는 가슴에 돌덩이를 얹어 놓은 듯 체중에 시달리곤 했다. 어디로 튈지 모르는 화로의 설익은 밤처럼 안식을 찾지 못하고 불안했다. 꾸준한 글쓰기는 들숨만 난무했던 내 삶에 원활한 날숨의 역할을 한 것 같다. 내 안의 에너지와 바깥의 에너지가 서로 상통하면서 밤이 무사히 잘 익어가고 있음을 부인하지 않는다.

사노라면 누구에게나 역경은 있기 마련이다. 매 순간 풀어주지 못하고 시기를 놓쳐버려 마음의 병이 되기도 했다. 나에게 수필은 기쁨은 기쁨대로 슬픔은 슬픔대로 답답한 가슴을 풀어내는 분출구 역할을 하니 어찌 삶이 즐겁지 않으랴.

제대로 된 군밤의 맛을 즐기려면 칼집 내는 것만이 능사는 아닐 것이다. 재가 너무 식거나 불이 강하면 속은 제대로 익지도 않고, 바깥 부분만 타버리고 만다. 마찬가지로 우리네 삶도 맛깔스런 군밤이 되기까지는 그 상황에 맞는

꾸준한 준비와 노력이 필요하고, 느긋하게 기다리는 끈기도 있어야 하지 않을까.

주머니 속에서 군밤을 꺼낸다. 적당히 잘 익은 군밤은 쉽게 껍질이 벗겨져 보얀 속살을 드러낸다. 화로를 끌어안고 군밤 타령을 부르시던 할머니의 모습이 눈앞에 삼삼하다. 종가의 맏며느리로 일찍 시집을 와 녹록지 않은 큰 살림을 꾸리셨다. 할머니는 그때 이미 군밤의 철학을 알고 계셨던 것일까. 고단한 긴 세월 한숨 쉴 일이 왜 없었겠는가. 민요 부르기를 좋아하신 할머니, 아마도 그것이 가슴을 여는 틈새가 되었으리라.

남은 군밤 한 알을 마저 입에 넣는다. 군밤이 흐물흐물 입 안에서 타령이 된다. 삶의 고비마다 신나는 글쓰기로 자연과 더불어 유쾌한 인생을 엮어 볼까나. 송골을 깎아서 대들보를 삼고, 앞산이 물고 있는 구름을 끌어다가 지붕을 덮고, 지나가는 바람을 멈추게 하여 벽을 바르며, 휘영청 밝은 달을 데리고 와 등불을 달아 먼 훗날 진솔한 내 삶의 타령가를 불러보리라.

너도바람꽃

　　　　　　　　　연일 폭염이다. 급하고 특별
한 일이 아니면 외출을 자제한다. 각 방송사에서도 백여
년만의 큰 더위라며 한낮에는 외출을 피하라고 당부한다.
하지만 오늘은 그 열기를 능가하는 문학인과 만나기로 한
날이다.

　예술회관이다. 우리는 다양한 문화생활을 즐기는 모습
도 닮았다. 친구의 별명은 바람꽃이다. 문학카페에서 수
다상 작가로 명성이 자자하다. 어떠한 환경에서도 꿋꿋함
을 잃지 않는 그녀는 너도바람꽃을 닮았다.

　어느 늦겨울, 동호회에서 사진 출사를 갔다. 봄의 전령
사로 불리는 너도바람꽃을 만나기 위해서였다. 산속을 헤

매기를 몇 시간 만에 낙엽을 뒤집어 쓴 바람꽃을 보았다. 가슴이 뛰었다. 일행들이 카메라를 들이댔다. 찾는다고 늘 볼 수 있는 꽃이 아니었다. 바람꽃을 보려면 몸을 최대한 낮추어야 했다. 해동하는 계곡의 물소리를 들으며 언 땅을 뚫고 힘겹게 꽃대를 올렸다. 앙증맞은 꽃잎은 햇살을 받아 별이 쏟아 내린 듯 반짝이었다.

우리는 벤치에 앉아 수다를 떤다. 그녀는 건물관리사로 근무를 한다. 바쁜 와중에도 자투리 시간을 내어 문화대로를 씩씩하게 걷는다. 그녀 사전에 '시간이 없어서 무엇은 못 하고, 오늘은 바쁜데 내일 해야지.'는 통하지 않는다.

해야 할 일은 제때 하고, 오늘 할 일을 내일로 미루지 않는다. 베풂에 있어서도 때를 놓치지 않는다. 금은보화 중에서도 '지금'을 제일 중하게 여긴다. 수중에 귀한 물건을 오래 갖고 있지 못하며, 남에게 주고 싶어 안달을 한다. 나누는 행복을 즐기는 친구를 그 누가 싫다고 하겠는가.

그녀는 두류산을 좋아한다. 생활이 고달플 때 길을 걸으며 공원의 '푸시킨' 시비를 외운다. 돌부리에 걸려 넘어져도 오뚝이처럼 벌떡 일어나는 그녀의 원동력은 어쩌면 문학의 힘이 아닐까.

수다가 봇물이다. 그렇다고 대어를 놓칠 수는 없다. 전

시관을 찾는다. 올해의 중견작가전이 성황을 이룬다. 지천명을 넘어 작고한 김동광 화가의 한지미학을 주제로 한 작품전을 눈여겨본다. 그는 떠났어도 예술은 살아있다. 완작 대부분이 자연을 무대로 삼았다. 수많은 그림 속에는 공통된 부분이 있다.

화가는 자신이 오래 살지 못하리라는 걸 짐작했었나 보다. 작품마다 한 쌍의 남녀가 등장한다. 어쩌면 사랑하는 아내와 영원히 함께할 시간을 미리 저장이라도 해 놓고 떠난 것일까. 아내는 고인의 전시회를 밤낮으로 준비했다고 한다. 함께하지 못한 사랑이 작품 속에서 두 마리 새가 되어 푸른 하늘을 날아오른다.

공원 식당으로 들어간다. 치맥으로 한껏 분위기를 잡는다. 뒤따른 빙설이 한낮의 열기를 식혀준다. 어디선가 들려오는 색소폰 소리가 얼얼한 가슴을 잠재운다.

낚시

　　　　　　지렁이 떡밥까지 장만해 낚
시터로 간 그가 잠잠 무소식이다. 잉어 한 마리 낚아서 덩
치 큰 마누라 몸보신 시켜준다더니 어이 연락이 없을꼬.

삼복 땡볕에 낚시터에 있을 그가 걱정이 되어 전화를 한
다. 예상대로 그의 목소리는 잔잔한 물결이다.

"아직 밥때가 안 되었나, 고기가 영 안 잡히네."

양어장도 아니고, 강가의 물고기에게도 밥때가 있었던
가. 나는 진득하게 기다리지 못하고 안달하는 그가 안쓰
러워 훈수를 떤다. 밥때는 물고기가 만드는 게 아니고, 낚
시꾼이 만드는 것이라며 낚싯대를 던짐과 동시에 떡밥도
한 주먹 강물에 던지라고 했다. 아니나 다를까. 잠시 후에

흥분된 그의 목소리가 휴대폰 속에서 기쁨을 감추지 못한다. "메기 한 마리 월척이오." 잉어를 잡겠다더니 메기가 웬 말인가.

그가 집으로 돌아왔다. 낚시터에서도 기다림을 즐기지 못하니 애당초 세월을 낚는 강태공은 역부족이다. 그는 메기 한 마리로 종일 입이 귀에 걸린다. 급기야는 앞치마를 두르고 매운탕 조리법을 인터넷에 검색한다. 도마 위에서 뚝딱뚝딱 그의 손길이 바쁘다.

잠시 후 매운탕이 식탁 위에 오른다. 그는 수저를 드는 아들에게 입에 침이 마르도록 자화자찬이다. 다른 낚시꾼들은 한 마리도 못 잡았는데 자기만 잡았단다. 천날만날 술 퍼마시는 술꾼이 가족에게 미안하여 매번 누가 사주더란 말과 낚시꾼이 낚시터에서 혼자 월척을 잡았다는 말을 믿어야 하는가.

화목한 가정을 위하여 알고도 속고 모르고도 속는다. 나는 탕 그릇을 비우며 그에게 요리도 맛있다고 엄지를 치켜세운다. 식탁에서 고래 한 마리가 덩실덩실 어깨춤을 춘다. 소소한 일상이 즐거움을 더하는 하루가 저물어간다. 행복은 함께 만들어 가는 것, 결코 멀리 있는 게 아니다.

밍크 목도리

안동 벽화마을이다. 언덕배기에 오르니 서산이 붉다. 바람 불면 날아갈 듯 허술한 집들이 다닥다닥 붙어있다. 두툼한 패딩 속 목도리의 감촉이 기분 좋다. 벽화마을은 사람이 살지 않는 집들이 태반이다. 요란하게 꾸미지 않은 수수한 거리가 치장하지 않은 새벽처럼 편안하다. 좁은 골목길을 숨 가쁘게 오르락내리락한다. 길가의 메마른 잡초들이 바람에 서걱거린다.

이마에 땀방울이 맺힌다. 외투를 벗는다. 벽면마다 알록달록 예술인들이 악기를 연주하는 모습의 벽화가 눈길을 끈다. 바이올린과 기타를 치는 벽화 앞에서 나도 손가락을 튕기며 포즈를 잡아본다. 땅거미가 밀려온다. 월영교

야경이 궁금하다.

월영교에 다다랐다. 하늘에 두둥실 뜬 보름달과 호수에 반영된 노을이 그림 같다. 목덜미를 파고드는 바람이 매섭다. 목이 왜 이리 허전할까. 목도리가 보이지 않는다. 아마도 벽화마을에서 외투를 벗을 때 떨어뜨린 모양이다.

과욕을 부려 장만한 밍크 목도리가 아니던가. 여행의 설렘도 한풀 꺾인다. 딱 세 번 목에 둘러보고 잃어버리다니! 남편이 급하게 차를 돌려 벽화마을로 되돌아 간다. 발길이 닿았던 골목마다 눈을 내리깔고 찾아본다. 혹시나 했었는데 역시나 없다. 서산에 띠를 두른 노을이 더욱 붉다. 빈손으로 터덜터덜 내려온다. 운전석에 앉아 있던 남편이,

"두 번 본 벽화마을은 어땠어요?"

나는 안전띠를 매며,

"노을이 아름다워 눈물 날 뻔했어요."

다시 월영교다. 오색찬란한 조명 불빛이 황홀하다. 겨울의 설렘은 역시 반짝이는 불빛이다. 월영교는 조선 중기 어느 부부의 아름다운 설화가 서려 있는 곳이다. 먼저 간 남편을 위해 머리카락을 뽑아 한 켤레의 미투리를 지은 지어미의 애절한 사랑을 담아 미투리 모양의 다리, 월영교를 만들었다. 월영교 야경처럼 아름다운 여인의 숭고한

사랑에 고개가 숙여진다. 설렁설렁 걸어서 월영정에 오르
니 시 한 수가 절로 나온다.

집으로 돌아오는 길에서도 잃어버린 밍크 목도리가 자
꾸만 눈앞에 어른거린다. 불행한 사람은 잃어버린 것을
기억하고, 행복한 사람은 남아있는 것을 기억한다고 했던
가. 그것이 어찌 물질에만 해당되는 말일까. 잃어버린 것
을 생각하느라고 지금 내 곁에 있는 소중한 것을 놓치는
바보는 되지 말아야 할 것이다. 가로등 불빛이 멀어지는
차 안에서 깜빡 잠이 들었다. 휘영청 둥근달이 아름다운
월영정에서 한복을 곱게 입은 여인이 밍크 목도리를 두르
고 환하게 웃고 있다. 꿈인지 현실인지 남편이 다정하게
내 이름을 부른다.

"정아! 집에 다 왔다."

한옥 사랑

             늦가을이다. 공원길을 거닐
다가 걸음을 멈춘다. 된서리를 맞은 잎새가 갈색으로 곱
게 물들었다. 책갈피에 끼워서 두고 볼까 생각하며 몇 잎
을 딴다.

아침에 일어나니 햇살이 발갛게 창살을 비춘다. 책갈피
에 꽂으려던 잎새를 창문에 살짝 대 본다. 예쁘다. 책 속에
숨겨 두는 것보다 눈만 닿으면 볼 수 있는 유리창이 훨씬
좋을 것 같다. 작업을 시작한다. 잎새에 풀을 먹여 창가로
다가선다. 여러 장으로 오밀조밀 작품을 만드니 잊고 있
었던 추억 한 자락이 달려온다.

어머니는 한겨울 찬바람이 불면 우리가 좋아하는 썰매

타기도 못 하게 했다. 뒷집 철이는 기다려도 오지 않는 나를 찾아 살금살금 우리 집 대청에 올랐다. 손가락에 침을 발라 문풍지를 뚫어 나를 훔쳐보곤 했다. 문구멍으로 들여다보는 철이의 눈동자는 보리쌀 소쿠리를 탐하는 쥐 눈처럼 반짝이었다. 어머니는 늦가을 서리가 하얗게 내리면 얼룩지고 너덜해진 문풍지를 걷어내고 새 창호지에 풀을 먹였다. 문살에 붙은 창호지가 적당히 마르면 뜰에 핀 국화로 장식을 했는데 방문을 열 때마다 국향이 코끝에 닿아 좋았다.

한옥에서는 창과 문의 구별이 따로 없다. 창문은 안과 밖을 연결하는 소통의 통로다. 바라지창이든 광창이든 크고 작은 창문을 통해 세상 밖을 볼 수 있는 건 한옥의 멋스러움이다. 방문에 주로 쓰이는 한지는 오래전 궁중에서 일어나는 온갖 사건들을 기록하는 용도로도 쓰였다. 닥나무에서 채취를 하며 질감이 명주와 같이 정밀해서 중국인들은 처음에 비단섬유로 만든 것이라고 착각할 정도였다고 한다. 한지에 옻칠을 입힌 몇 겹의 갑옷은 화살도 뚫지 못했다고 한다.

해거름이다. 창문에 붙은 잎새가 제 빛을 발하지 못한다. 촘촘한 빌딩숲에 달빛이 들지 못함이리라. 은은한 달빛 안고 풍류를 즐겼던 옛 선비들, 문살에 휘영청 달빛 드리우면 뜰 안의 매화 아씨도 글 읽는 선비를 흠모했으리라. 달빛 담은 문살에 매화 향기 스며드는 한옥이 그리운 밤이다. 선비의 늠름한 모습이 눈앞에 어른거린다. 늦은 밤, 대로를 달리는 자동차 클랙슨 소리에 놀랐는지 유리창에 간당이던 잎새 하나가 바닥으로 스르르 떨어진다. 한옥이 그립다.

달맞이꽃

어둠이 찾아드는 들길을 걸었다. 길가에 달맞이가 꽃잎을 연다. 달빛 보며 꽃을 피운다고 달맞이꽃이라 했던가. 꽃대들이 바람에 나부낀다.

언제였던가. 해 질 녘 친구의 초대를 받았다. 식당으로 들어가니 한복을 입은 우아한 여인이 주방에서 분주하다. 벌써 식탁 위에는 다양한 음식들이 진수성찬이다. 잠시 후 케이크 위에 촛불을 켜고 실내의 불을 끈다. 주방에 있던 여인도 합석을 한다. 그녀는 생일을 맞은 친구를 위해 음식을 준비했고, 나는 케이크를 마련했다. 그녀의 은은한 자태가 달맞이꽃처럼 아름답다.

그녀가 운영하는 식당의 상호는 '송학'이다. 특별한 예약이 없으면 낮에는 영업을 하지 않는다. 주로 해 질 무렵에 문을 열어 자정이 가까우면 문을 닫는다. 잘생긴 남편과 예쁜 딸이 하나 있다. 바쁠 때는 가끔씩 남편이 그녀의 일손을 돕기도 한다. 재력도 없지 않건만 열심히 사는 그녀가 자랑스럽다.

그녀는 어릴 때부터 한복 사랑이 남달랐다. 설날이나 추석이 아니라도 한복을 즐겨 입었다고 한다. 달덩이같이 훤한 얼굴에 댕기로 치장을 한 머리가 잘 어울렸으리라. 지금도 긴 머리를 올려 비녀를 꽂고 있다. 여름엔 모시로, 겨울엔 공단한복으로 한국의 미를 물씬 풍긴다. 외출 시에도 늘 한복 차림이다. 긴 치맛자락이 불편도 하겠건만 개의치 않는다. 길가는 행인들이 뒤돌아 볼 만큼 자태가 우아하다.

낮보다 밤이 더 멋진 여인, 그녀의 별명도 모습에 걸맞게 달맞이꽃이다. 치맛자락 팔랑이며 사뿐사뿐 다가올 때면 뭇 남성들이 가슴도 많이 태웠을 터이다. 남편은 그런 아내가 신경이 쓰이는지 퇴근을 하면 가게 문을 열고 아내를 보고서야 집으로 돌아간다.

그녀와 라이브 카페에 간 적이 있다. 가수라 해도 무리가 없을 만큼 타령가를 잘 불러 황진이가 울고 갈 판이다. 그녀의 기품 있는 춤사위가 객석의 이방인들을 환호하게 한다. 재능기부로 회갑연이나 경로잔치에 봉사를 하기도 하며, 불우이웃돕기로 매달 일정 금액을 전하기도 한다. 그녀는 행복한 삶이란 이웃과 함께라는 것을 일찍이 터득한 것 같다. 자신을 사랑하는 사람이 이웃도 돌아보게 된다.

들길 따라 자전거 부대가 바람을 가르며 달려간다. 달맞이꽃이 팝콘처럼 탐스럽다. 멀리 달 속에 한복을 곱게 입은 그녀가 방긋이 웃고 있다.

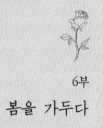

6부

봄을 가두다

팥빙수를 먹으며

한여름의 열기가 대지를 달군다. 볼일을 끝내고, 집으로 오는 길에 시원한 빙수가 생각났다. 에어컨이 빵빵 터지는 카페로 들어간다. 창가에서 달콤한 팥빙수를 먹으며 더위를 식힌다.

더위에 지쳐 길을 걸을 때에는 보이지 않던 것들이 한숨을 돌리고 보니 창밖 풍경이 시야에 들어온다. 몇 분을 다투며 음식을 나르는 중국집 배달원, 사이렌을 울리며 달리는 구급차, 불편한 다리를 절룩이며 손수레를 끄는 박스 할머니, 더위에도 아랑곳없이 거리를 활보하는 연인들, 천태만상이다.

주문한 빙수가 나왔다. 보기만 해도 더위가 가신다. 비

지땀을 훔치며 손수레를 끌고 가던 할머니가 자꾸 생각난다. 그는 36도를 육박하는 폭염에 거리를 얼마나 헤맸을까. 손수레의 박스를 모두 팔아야 만 원도 채 되지 않는다는데, 잠시 더위를 피하는 그들의 쉼터는 고작해야 가로수 밑이다. 순간 더위를 이기지 못하고 카페로 뛰어 든 자신이 부끄러워진다.

카페를 나선다. 은행 앞에 낯익은 손수레가 세워져 있다. 박스 할머니가 현금 인출기 안에서 졸고 있다. 삼베 적삼이 흥건히 젖도록 콩밭 매던 어머님이 생각난다.

멀리 마트가 보인다. 아이스크림을 사들고 녹을세라 은행으로 뛰어간다. 하지만 손수레도 할머니도 보이지 않는다. 먹을 복도 많지, 빙수 한 그릇 금방 뚝딱 비우고 아이스크림까지 먹게 생겼다. 우두커니 먼 산을 바라보는데 손에 든 아이스크림이 손등 위로 주르륵 녹아내린다.

키 작은 민들레

　　　　　　홀로 앞산을 오른다. 옛말에
이가 없으면 잇몸으로 산다고 했던가. 코로나로 만나지
못하는 회원들의 단체카톡방이 문전성시를 이룬다.
　어느 문학협회의 단톡방에 불이 켜진 지 오래다. 그들의
훈훈한 문자에 마음이 따뜻해진다. 회장은 웃음을 잃은
이웃에게 응원의 꽃을 보내며 코로나로 침체된 화훼단지
살리기에 힘을 쏟았다. 청정지역 팔공산에 사는 부회장은
요양원에 계시던 어머니를 집으로 모시고, 유치원 휴원으
로 손자까지 돌보고 있다.
　한 집에 3대가 시끌벅적 기거를 하니 할 일도 많아져 하
루해가 노루꼬리다. 와중에 마스크 대란까지 겹쳐 손수

마스크도 만들었다. 수제 마스크를 출근하는 가족들은 물론이고, 요양원에 계시는 할머니들과 미화원에게도 전달했다. 카톡이 한 시간째 화끈 달아오른다. 서로에게 응원의 문자와 함께 봄꽃 사진도 쏟아진다. 난국에도 움츠러들지 않고 주위를 돌아보는 아름다운 사람들이다.

거리에는 코로나 퇴치 현수막이 날이 갈수록 늘어난다. 어느 통신사 앞에 붙은 플래카드가 가슴을 울린다. '소상공인 사장님들! 조금만 더 힘내세요. 코로나 종식되면 회식하러 가겠습니다!' 반면에 가짜뉴스를 퍼트려 민심을 어지럽히는 소수의 사람들도 없지 않다.

길가의 돌 틈 사이를 비집고 꽃을 피우는 민들레가 애처롭다. 길 가는 행인에게 짓밟히고, 더러는 자전거 바퀴가 지나가도 누구를 원망하지도, 삶을 포기하지도 않는다. 나의 발 옆에 살며시 얼굴을 내민 키 작은 민들레가 대견하고 한없이 커 보인다.

길동무

숲이 우거지고 곡선이 아름다운 산길에서 길동무를 만났다. 가까이에서 본 그녀의 얼굴이 낯설지가 않다. 어디에서 봤더라! 그녀도 고개를 갸우뚱거리며 나더러 본 듯한 얼굴이라고 한다. 언젠가 앞산을 오르다가 마주쳤던가. 아니면 길을 가다가 스친 인연이던가. 하여튼 길동무가 생겼으니 반가운 일이다.

그녀와 산중턱에 있는 체육공원에 다다랐다. 몸 풀기로 가벼운 체조를 하고 운동기구에 올랐지만, 나의 머릿속은 온통 그녀를 어디에서 만났는지 그 생각뿐이다. 긴 머리에 갸름한 얼굴, 쌍꺼풀 진 눈이 아름다운 여인이다. 기억을 더듬으며 한참을 헤매는데 그녀가 손뼉을 치며,

"지난봄에 수목원에서 보지 않았나요."

그랬다. 아지랑이 가물거리던 이른 봄날이었다. 두 여자는 성급하게 매화를 보려다가 허탕을 치고 뒤돌아섰다. 그때도 길동무였는데.

이쯤 되면 인연이 아니던가. 우리는 마주 보며 소리 내어 웃었다. 녹음이 짙어가는 5월의 끝자락, 산기슭 오솔길에서 만난 길동무가 신선함으로 다가온다. 솔 향이 코끝을 맴도는 벤치에 나란히 앉았다. 굳이 통성명이 필요치 않다.

그녀가 가방에서 커피를 꺼낸다. 그런데 혼자 왔으면서 컵이 두 개다. 의아해하는 나에게 그녀의 말이 참 좋다. 오늘은 멋진 길동무가 생길 것 같아 컵을 하나 더 챙겼다고 한다. 길동무가 길 카페에서 이야기보따리를 푼다.

내려오는 길에 우리는 서로의 휴대폰 번호를 묻지 않았다. 길동무는 길에서 언젠가는 또 만날 테니까.

장미의 기억

　　　　　　　동네 골목길이다. 넝쿨장미
가 그림처럼 아름다운 담장을 기웃거린다. 멀리서 보아도
가까이에서 보아도 꽃 대궐이다. 이곳에 서면 그리운 사
람을 만날 것만 같다.

　장미의 기억이 유년 시절을 부른다. 대구 불로동 허름한
슬레이트집 토담 위에는 5월이면 줄장미가 아름다웠다.
그 옆에는 펌프가 있었다. 한 소녀는 물놀이를 좋아했다.
온몸을 실어 폴짝폴짝 뛰어올라 펌프 물을 퍼 올리면 소
녀의 분홍치마도 살랑살랑 바람을 탔다.

　어디선가 피리 소리가 들려왔다. 옆집 소년이 피리를 불
며 천천히 다가왔다. 빨갛게 불타는 것은 줄장미만이 아

니었다. 소녀는 부끄러워 무리 진 장미 속으로 얼굴을 가렸다. 감미로운 피리 소리가 쿵쾅대는 가슴을 파고들었다.

피리 소리가 멈추었다. 소년은 아무 말 없이 펌프질을 하기 시작했다. 넝쿨장미가 바람을 타고 춤을 추었다. 펌프 속으로 꽃잎이 자꾸만 떨어져 물 위를 맴돌았다.

담장 안에서 인기척이 난다. 줄장미가 황홀한 이곳에는 그 누가 살고 있는지 궁금하다. 잠시 후 대문이 열린다. 중후한 노신가가 외출을 하려나 보다. 골목길을 걸어가는 그의 등 뒤로 햇살이 눈부시다. 산들바람이 꽃향기를 몰고 온다.

그 소년이 보고 싶다.

빨랫줄이 있는 풍경

　　　　　　　　　　돌담이 아름다운 마을이다.
살며시 들여다본 마당에는 길게 드리워진 빨랫줄이 정겹
다. 아빠바지, 아기바지가 바람에 실려 그네를 탄다. 가족
이 달콤한 낮잠이라도 들었던가. 대문 안을 들여다보니
아무도 보이지 않는다. 방문 앞 댓돌 위에는 신발이 나란
히 놓여있다. 바람에 나부끼는 빨래를 보니 방망이를 신
나게 두드리던 어머니의 모습이 눈앞에 어른거린다.

　손빨래를 하던 시절 어머니는 냇가를 자주 찾았다. 동네
아낙들은 편편하게 잘생긴 빨랫돌을 먼저 차지하려고 아
침부터 냇가로 몰려들었다. 어쩌다가 그것을 차지하는 날
이면 횡재라도 한 듯 방망이질도 신이 났다.

이불호청을 빨던 날이었다. 아버지는 숲속에서 빨래를 마치고 무거운 함지박을 머리에 이고 돌아올 어머니를 기다리고 계셨다. 어머니가 숲길을 지나치면 얼른 쫓아가 함지박을 가로채셨다. 행여나 빨래터의 아낙들이 볼세라 뒤도 돌아보지 않고 줄행랑을 놓던 그 모습이 이제는 희미한 흑백사진처럼 빛바랜 추억이 되었다.

어머니를 배려한 아버지의 작은 사랑이 가슴에서 떠나지 않는 것은 그 시절 빨래터의 정겨운 풍경 때문인지도 모른다. 아버지에게 함지박을 넘겨주고 빈손으로 돌아온 어머니의 미소 띤 모습은 아버지가 손수 빨랫줄에 널어둔 이불호청만큼이나 하얗게 눈부셨다. 쪽마루에서 이 광경을 훔쳐보시던 할머니는 하지 않아도 탈 없는 헛기침을 자꾸만 하셨다.

돌담 너머 방문이 빼꼼히 열린다. 새댁이 아기를 안고 밖으로 나온다. 뒤따른 아빠가 아기에게 모자를 씌워주며 아내를 감싸 안는다. 빨래가 펄럭이는 마당에 사랑스런 그들의 모습이 나의 마음을 훈훈하게 적신다. 담쟁이가 붉게 물드는 돌담길에 가을이 참 예쁘다.

봄을 가두다

　　하루라도 사진을 찍지 않으면 웬지 허전하다. 이색적이고 독창적인 사진촬영을 위해 크리스털 볼을 구입했다. 그 속으로 들어가 세상을 거꾸로도 보고 비틀어도 본다.

　　집을 나선다. 옥포면 교항리 이팝나무 군락지다. 200여 년의 노거수가 꽃을 피워 장관이다. 산책로에도 꽃잎이 떨어져 흰 쌀을 뿌려 놓은 듯 하얗다.

　　이팝나무 꽃그늘 아래 소녀가 소꿉놀이를 하고 있다. 잘 생긴 너럭바위가 아이의 방이다. 그곳에서 아이는 이팝꽃으로 밥을 짓고, 파릇파릇 돌나물로 반찬을 한다. 별안간 소녀가 벌떡 일어나 어디론가 달려간다.

잠시 후 돌아온 아이의 손에는 노란 민들레가 웃고 있다. 나는 가까이 다가서며 크리스털 볼을 비춘다. 그 속으로 민들레 화전을 부치는 소녀의 모습이 거꾸로 보인다. 볼을 천천히 돌려본다. 소녀가 회전목마를 탄 듯 빙글빙글 돌아간다.

유년 시절 소꿉놀이하던 단발머리 내 모습이 기억 속에 희미하다. 산책로를 걸으며 사진을 찍는다. 이팝꽃 속에 묻힌 중년의 여인이 화사하게 웃고 있다.

'찰칵' 이대로도 좋아라. 지금이 가장 젊은 날, 크리스털 볼 속으로 봄을 가둔다.

다방의 추억

　　　　　　　　　대구 중앙로 한복판에 실버
극장과 다방이 있다. 극장은 실버들의 노래 한마당이 펼
쳐지고, 다양한 영화도 상영한다. 실내의 인테리어가 80
년대다. 안내 데스크에 나란히 진열해 놓은 커피포트는
주문 배달 시 사용되는 용기이다. 카페와 다방의 다른 점
이다. 주위를 한바퀴 돌아본다. 빛바랜 탁자, 때 묻은 소파
가 불편하지 않다. 친구가 커피를 주문한다. 찻잔 역시 그
시절의 것들이다. 설탕과 프림을 담은 통이 커피와 따라
나온다. 커피와의 첫 만남을 생각해 본다. 맛이라곤 쓴맛
이 전부였던 그것은 서로 간의 통성명도 어색했지만, 내
입맛에 좀처럼 길들여지지 않았다. 설탕 두 스푼 크림 두

스푼을 넣어서 원을 그리듯 살살 젓는 재미에 마셨는지도 모른다. 맛보다는 향에 더 끌렸다는 말이 옳을 것이다.

크리스마스이브에는 친구들과 동성로 이곳저곳을 몰려 다녔다. 음악다방이 유행이었던 시절에 DJ가 멋있는 다방이 어디인지에 관심이 쏠렸다. 지금 생각해 보면 촌스럽기 그지없는 빨간 조명 아래에서 장발의 DJ를 보며 마음이 설레었다. 용기 있는 친구들은 노래 신청 쪽지를 보내며 데이트 신청도 하곤 했다. 나 역시 마음이 끌린 DJ가 없지는 않았다. 그럼에도 그들처럼 만나자고 말 한마디 하지 못한 숙맥이었다. 지금 같으면 퇴짜를 맞더라도 한달음에 달려가 손목이라도 덥석 잡았을 터인데.

몇 시간의 수다로 커피 잔이 식었다. 오래 있어도 인상 좋은 마담은 눈치를 주지 않는다. 그녀의 옆자리에는 중후한 노신사가 시간을 잊은 모양이다. 마담이랑 정분이라도 나고 싶은 것일까. 술도 아닌 커피를 한 번도 아니고, 자꾸만 시킨다. 인심 또한 후하다.

"어이! 마담도 한 잔 더 혀~."

카페에서는 볼 수 없는 풍경이 아니던가. 노신사의 팔이 슬그머니 그녀의 어깨를 감싼다. 커피 몇 잔으로 저런 횡재가 어디 있을까. 나의 눈꼬리가 치켜 올라간다. 일어날 시간이 됐나 보다.

병든 몸도 서러운데

　　　　　　얼마 전, TV에서 어떤 사람
이 곤돌라를 타고 병원 건물을 기어오르는 영상을 본 적
이 있다. 보고 싶다고 울먹이는 환자를 보기 위함이다. 비
대면 장기전으로 치닫는 코로나가 빚어낸 서글픈 광경에
마음에 찬바람이 분다.

　요양병원에 계시는 어머니께 전화를 한다. 어머니의 음
성이 들릴락 말락 기운이 하나도 없다. 얼마 전만 하더라
도 목소리가 밝았는데 무슨 일이라도 생긴 것일까. 병원
으로 전화를 해 본다. 담당자가 전하는 말에 마음이 짠해
온다. 어머니는 식사도 하지 않고 거동도 없이 누워만 계
신다고 한다. 이유는 보고 싶은 사람들을 오래 만나지 못

하여 생긴 마음의 병이 아닌가 했다. 어머니께 다시 전화를 한다. 나지막한 목소리가 귓가에 맴돈다.

"아가! 언제 올 끼고! 보고 싶데이."

며칠 전 병원 앞에서 비대면으로 어머니가 드실 간식만 전하고 돌아섰는데 아마도 그때 많이 서운하셨던 것 같다. 병든 몸도 서러운데 그놈의 코로나 때문에 환자도 가족들도 가슴이 찢어진다.

면역력이 약한 환자들에게 바이러스 확산을 막으려는 당국의 처지를 모르는 것은 아니지만, 병든 몸도 서러운데 오랫동안 가족들과 대면도 못 하니 환자들은 마음마저 병들어간다. 어머니의 한마디가 목에 걸려 가슴이 답답하다.

"아가 내가 이러다가 죽으면 영영 손주들 얼굴도 못 보고 가는 거 아이가!"

어머니는 급기야 울음을 터트리고 만다.

오래 전, TV 문학관을 본 적이 있다. 자식은 효도랍시고 시골에 사는 부모를 도회지 아파트로 모셨다. 자식은 아파트가 시골집보다 편하리라는 생각으로 모셨지만, 어르신은 친구도, 마음대로 나다닐 수 없는 아파트가 감옥같았다. 병이 든 노모는 오매불망 고향을 그리다가 세상을 떠났다. 장례식 날, 자식들의 통곡이 이어졌다. 곤돌라에 매달려 내려오는 노모의 시신을 쳐다보며 가슴을 쳤다.

다음 날, 어머니께 전화를 한다. 받지 않는다. 가슴이 덜컥 내려앉는다. 잠시 후, 휴대폰이 울린다. 어머니는 다행히 어제와는 다르게 밝은 음성이다.

"애야, 걱정 말아라. 목욕을 했더니 한결 기분이 좋아졌다."

병이 깊은 환자가 가실 때에는 건강도 잠시 호전되기도 한다는데, 이래저래 마음이 편하지 않다. TV에서 본 곤돌라 이야기가 남의 얘기가 아니다.

하나, 둘, 셋

　　　　　하나, 둘, 물건의 숫자를 세다가 문득 아들의 유년 시절이 생각나 웃음을 터트린다. 옆에서 컴퓨터 게임을 하던 아들이 나를 쳐다보며 고개를 갸우뚱한다.

　아들의 초등학교 시절이었다. 주위가 산만한 아들은 학교에 갔다 오면 학용품이 없어졌다. 어떤 날은 신주머니가 없고 어떤 날은 필통이 없었다. 교과서도 툭하면 잃어버려 담임선생님의 매를 불렀다. 자기 몸에 달린 고추만 빼 놓고는 어느 것 하나 온전하게 챙겨 오는 날이 없었다.

　하루는 친구들과 정신 놓고 놀았는지 책가방을 운동장에 두고 집으로 왔다. 혹시나 하고 아들의 몸을 한 바퀴 휙 돌려 보았지만 챙겨 오지 않은 가방이 있을 리 만무했다. 마음대로 할 것 같으면 한 대 패 주고 싶었지만 전날 꿀밤 먹인 자리도 아물지 않아 그러지도 저러지도 못했다. 애타는 가슴을 억누르고 허겁지겁 운동장으로 달려갔더니 누군가가 고맙게도 가방을 나뭇가지에 걸어두었다. 안도의 숨을 몰아쉬며 가방을 열어보았다. 미술시간이 짧아서 미처 정리하지 못했던가. 물감이 쏟아져 가방 안 내용물들이 엉망진창이었다.

집으로 돌아온 나는 아들에게 벼르던 회초리를 들고 말았다. 몇 대를 맞겠느냐고 물었더니 아들이 바지를 걷어올리며 종아리 열 대를 맞겠다고 했다. 웃기는 것은 자기물건도 제대로 못 챙기는 놈이 매 맞은 숫자는 잘도 챙겼다. 나는 여섯 대쯤 때렸을 즈음 발갛게 달아 오른 아이의 종아리를 보며 슬그머니 회초리를 내려놓았다. 가만히 있으면 한 대라도 덜 맞을 것을,

"엄마, 아직 세 대가 남았어요."

아프다고 호들갑을 떨면서도 매 맞은 숫자는 언제 세었는지 모를 일이었다. 숫자를 세던 날이 어디 그날뿐이겠는가. 천방지축 아들은 골목대장으로 하루 종일 쏘다니다가 아침이면 늦잠으로 학교에 지각하는 날도 많았다. 이부자리에서 응석 부리는 아들에게 숫자를 세며 셋을 셀

동안 일어나지 않으면 회초리를 들겠다고 했다. 매 맞는 것은 겁이 났던지 처음에는 셋을 세기 전에 일어났다.

하지만 날이 갈수록 그것도 무디어져 아들은 둘을 세었는데도 꼼짝하지 않았다. 하나, 둘, 둘 반, 둘 반에 반, 아침부터 아들에게 회초리를 들기 싫어 '반에 반'까지 읊조렸다. 철없던 아들도 숫자를 세는 엄마의 마음을 헤아렸던지 '반에 반'만 나오면 눈을 비비며 벌떡 일어났다.

게임을 하던 아들의 휴대폰이 울린다. 직장에서 긴급 알림이 들어온 모양이다. 아들은 잘 훈련된 조교처럼 머뭇거림도 없이 벌떡 일어나 외출 준비를 한다. 현관문을 박차고 나가는 아들이 대견스러운 한편에는 마음이 짠하다. 사회란 엄마 품속에 있을 때처럼 어리광을 허용하지 않는다.

이제는 장성한 아들에게 숫자 셀 일은 없다. 아들은 오히려 귀가가 늦는 날이면 집 안에서 걱정하는 엄마를 위해 먼저 상황 보고를 한다. 진열대 속에 귀여운 꼬마가 웃고 있다. 유년 시절 아들의 사진이다. 나는 손끝으로 아이의 이마에 꿀밤을 한 대 먹이며 홍얼거린다.

'잘 커 줘서 고마워.'

신의 한 수

　　　　　　　　　정월 대보름이다. 하늘에는
휘영청 보름달이 떴다. 동기들과 갖가지 나물이 어우러진
밥상 앞에 둘러앉았다. 부럼까지 깬 후에야 윷놀이가 시
작된다.

　윷놀이에 이기려면 윷말도 잘 놓아야 하지만 운도 따라
야 한다. 말을 놓는 사람은 윷판의 흐름을 전체적으로 볼
수 있어야 한다. 잡아먹고 먹히는 윷판의 변수는 우리네
인간사와 크게 다르지 않다.

　선조들은 정월 초부터 보름까지 윷놀이를 즐겼다. 보름
이 지난 후에 윷놀이를 하면 벼가 죽는다는 속설이 있는
데, 그것은 윷놀이의 흥취에 푹 빠져 농사를 소홀히 할까

봐 나온 얘기가 아닐까. 윷놀이의 변천사 중 윷패의 흐름을 보면, 도, 개, 걸, 윷으로 일컬어지는 사진법 놀이에서 '모'를 합친 오진법으로, 지금은 '뒷도'가 하나 더 생겨나 육진법의 놀이로 변화되었다.

해 지난 달력 위에 윷판을 그린다. 윷을 던졌을 때 멀리 튀지 않게 담요를 깔고 편을 가른다. 남녀의 대결이다. 윷말이 재미있다. 동전과 고추가 윷판 위에 나란히 올랐다. 윷판에 말을 놓는 사람은 윷을 던질 수가 없다. 나는 얼른 고추를 거머쥔다. 윷 한 번 던져보지도 못하고 말을 놓는다.

윷가락이 공중에서 곡예를 한다. 바닥으로 떨어져 등을 보이며 허연 배를 드러낼 때마다 친구들이 덩실덩실 춤을 추며 자지러진다. 윷말이 앞서거니 뒤서거니 숨 막히는 대결이다. 한 치 앞을 예측할 수 없는 게 우리네 인생이런가.

승부를 가름할 수가 없다. 잡고 먹히는 긴박감 속에 한 판의 승부가 눈앞에 있다. 상대는 골인 지점 가까이에서 우리의 말을 잡으려고 대기 중이다. 친구가 윷을 가지런히 모아 쥐고 기도를 한다. 그 모습이 너무 진지해서 잠시 침묵이 흐른다. 윷을 일정 높이까지 던져야 하므로 꼼수를 부릴 수도 없다. '모'와 '걸'이 나와 준다면 상대와 대결을 않고도 바로 날 수 있는데, 내심 욕심을 부려본다.

공중으로 날던 윷이 바닥으로 엎어지면서 모두 등을 보인다. '모'다. 여자들이 방방 뛰며 '두 모'를 외친다. 남자들은 눈을 부릅뜨고 안절부절 못 한다. '두 모'까지 필요 없다. 나는 벌떡 일어나 '걸'을 목청껏 부른다. 과연 '걸'이 나올 것인가. 제발 등을 바닥에 붙이고 허연 배를 내밀어라.

윷가락이 공중으로 치솟는다. 이게 무슨 조화란 말인가. 눈을 비비고 다시 봐도 '걸'이다. 나는 신의 한 수로 말을 거꾸로 쓴다. '걸'로 지름길을 열고 '모'로 마지막 동이 골인 지점을 통과한다. '모'부터 썼다면 멀리 돌아서 그들의 밥이 되었을 터이다. 재갈공명의 지략도 울고 갈 판이다.

기고만장했던 남자들이 벼락을 맞은 듯 멍하니 서 있다. 신의 한 수에 우리들은 환호성을 지른다. 윷말로 동전보다 고추를 거머쥔 나의 선택이 탁월했던가. 여자들은 승리의 잔을 들고 건배를 외치는데, 남자들은 쓰디쓴 소주만 벌컥벌컥 들이켠다.

어쩌랴. 인생은 본디 윷판처럼 달고도 쓴 것이니.

동경이

경주 탑골 마을에 '동경견
犬'을 만나러 간다. 아들은 동경이를 만난다는 기대에 기
분이 꽤 좋아 보인다. 마을에 들어서니 전형적인 옛 시골
을 보는 듯하다. 휘어 도는 골목길마다 벽화가 정겨움을
더한다.

동경견은 경주시의 옛 이름인 '동경'에서 유래가 되었
다. 천연기념물 제540호로 지정된 우리나라에서 가장 오
래된 토종견이다. 다른 개들과는 달리 꼬리가 없거나 매
우 짧다. 농촌진흥청은 동경이의 꼬리뼈가 없는 원인이
유전임을 밝혀냈다. 수십만 개의 염색체를 분석한 결과 1
번과 2번에 위치한 유전자 두 개가 특이 단백질을 만들어

꼬리뼈를 퇴화시킨다고 한다. 동경견은 사람과의 친화성이 좋아 예로부터 경주 지역에서 널리 사육되던 개로 알려졌다.

동경견에 얽힌 미담이 벽화 속에 고스란히 남아있다. 충북 괴산 산기슭에는 두 무덤이 있다. 설화에 의하면 경주(동경)에서 살던 어느 선비가 기르던 개와 한양으로 과거를 보러 가던 중이었다. 하지만 선비는 힘든 여정에 병을 얻어 문경새재에서 쓰러지고 말았다. 그를 따라온 동경견은 주인을 일으키려고 애를 쓰다가 기척이 없자 집으로 달려갔다. 그의 아들은 울부짖는 개가 심상찮아 앞서가는 동경견을 따라나섰다. 아비는 벌써 싸늘한 시체로 변해있었다. 동경견도 주인을 애타게 부르다가 죽고 말았다. 아들은 아비의 시신을 고향으로 옮길 수 없어 그곳에서 무덤을 만들었다. 충견 의구도 옆에 묻어주었다. 두 무덤은 쌍분이 되었고, '의구총 이야기' 가 세상에 알려졌다.

아들 동경이가 벽화 앞에서 고개를 연신 끄덕이며 한참을 서 있다. 토담이 무너진 사립문 옆에는 개망초가 말갛게 얼굴을 내민다. 봉긋한 싸리나무가 옛 친구를 만난 듯 반갑다. 두리번거리며 들어간 집은 주인은 없고, 백구 동경견이 몸을 흔들며 인사를 한다. 역시 꼬리가 없다. 아들이 싱겁게 한마디 한다.

"어이! 동경이 반갑다. 내 이름도 동경이다. 우리 악수 한번 할까."

아들이 손을 내민다. 말을 알아듣기라도 한 듯 동경견은 팔짝 뛰며 좋아서 어쩔 줄을 모른다. 처음 보는데도 짖지도 않는다. 짖지도 않는 개는 밥값도 못 한다지만 순하고 흰하게 잘생겨서 소박맞을 일은 없어 보인다. 낯선 사람을 만나도 금방 친해진다는 동경이, 돌아서는 휑한 마당에 홀로 된 동경견이 쓸쓸하다.

토담에 담쟁이가 푸르다. 할머니가 일을 마치고 집으로 들어간다. 자식들은 모두 도시로 떠나고, 간간이 들리는 개 짖는 소리가 집안의 따뜻한 온기가 된다. 아들 동경이가 왔던 길을 돌아본다. 아마도 동경견을 두고 온 아쉬움이리라.

마을을 벗어나 카페 거리에 다다랐다. 이태원에는 경리단 길이 있고, 망원동에는 망리단 길이 있듯이 경주에는 황리단 길이 있다. 골목을 들어서니 커피 향이 코끝을 자극한다. 눈에 번쩍 띄는 카페 상호가 있다. 그 이름이 또 '동경' 이다. 아들의 입꼬리가 올라간다. 우리는 한 치의 망설임도 없이 그곳으로 들어간다. 하루 종일 동경이가 판을 친다.